AFLICCIÓN DE ROSA

CHRISTOPHER A. FIGUEROA

Copyright © 2011 Christopher A. Figueroa

Todos los derechos reservados.

ISBN: 1468142615

ISBN 13: 978-1468142617

AFLICCIÓN DE ROSA

DEDICACIÓN

Les dedico este libro a mis padres, y a todas las personas que me fomentaron, o desalentaron a perseguir mis sueños. Sin ellos, no sería quien soy hoy.

CONTENIDO

	Reconocimientos	vi
1	El comienzo	1
2	Mi nuevo amigo	13
3	Graduación	22
4	El sufrimiento pausa	26
5	Calma después de la tormenta	39
6	Un mundo nuevo	48
7	Las acciones tienen consecuencias	59
8	Errores de mi estupidez	75
9	Regalos indeseados	88
10	Preso dentro de mi cuerpo	94
11	En el ojo de la tormenta	108
12	Peleando demonios internos	116
13	Un empujón hacia la sexualidad	127
14	El tiempo más obscuro de mi vida	148
15	Levantándome de las cenizas	181
16	La tragedia ataca	195
17	Los efectos secundarios	204
	Sobre el autor	208

CHRISTOPHER A. FIGUEROA

RECONOCIMIENTOS

Foto de portada: Héctor A. Suarez De Jesús
Modelo: Allan Gabriel Mejías Fontán

Este libro es un trabajo de ficción. Nombres, personajes, e incidentes, son un producto de la imaginación del autor, o son utilizados de manera ficticia. Cualquier parecido a cualquier evento, incidente, o personas, vivas, o muertas, es estrictamente coincidencia.

La economía está mala; no puedo pagar un editor profesional. Cualquier error, o falla que se encuentre en este libro, es completamente mi culpa. Mil disculpas por adelantado.

AFLICCIÓN DE ROSA

AFLICCIÓN DE ROSA

1 EL COMIENZO

Hola, mi nombre es Bruce Williams Smith. Lo que estas apunto de leer, es la historia de mi vida. Yo nací en Sundry Acres, Texas, en Mayo 24, de 1993. Sundry Acres es una pequeña ciudad, también conocida como el lugar más racista del país. Todos son blancos, heterosexuales, y Cristianos. La ciudad carece de buenos ciudadanos. La mayoría de las personas que la habitan son adictos que invadieron casas vacías, alcohólicos, o esposos abusivos. Cada minuto de cada día, todos saben lo que está sucediendo. Crecer en una ciudad mala no fue fácil, pero yo salí bien.

En el comienzo, éramos una familia buena. Mi padre trabajaba como un animal para traer comida a la mesa. No éramos las personas más ricas de la ciudad, pero teníamos suficiente para sobrevivir. Él solía decirnos a mi madre y a mí, que nos amaba con todo su corazón, y que nunca nos haría daño. Tristemente, con el tiempo, la religión consumió el cerebro de mi padre hasta que lo convirtió en un fanático. Todas sus órdenes tenían que ser seguidas o consecuencias dolorosas ocurrirían.

Todo comenzó a ponerse mal en Agosto 13, de 1998, cuando yo tenía cinco años. Mi padre comenzó a beber fuertemente. La casa se sentía como un vertedero lleno de latas de cerveza vacías. Por las noches cuando yo intentaba dormir, podía escuchar a mi madre gritando mientras mi padre le pegaba sin piedad. En Agosto 18, de 1998, bajé las escaleras, y mi padre la estaba apretando contra la pared. Él le levanto su falda, y le removió su ropa interior. Quitándose sus pantalones, entró dentro de ella. Mi madre le gritaba desesperadamente para que él parara, pero no fue escuchada. Mi padre agarró la parte posterior del pelo de mi madre, y comenzó a golpear su cabeza contra la pared hasta que mi madre fue sucumbida por el silencio. Como yo sólo tenía cinco años cuando eso sucedió, no comprendí lo que estaba pasando.

El tiempo pasó volando, y nada cambió. De hecho, las cosas se pusieron peor. Mi padre bebió más con el pasar de los años. No había ni un sólo momento en el que mi padre estaba suficientemente sobrio como para hacer algo útil. Cinco años después, en Mayo 27, de 2003, cuando yo tenía diez años, comencé a notar que yo era diferente de los otros niños de mi edad. Yo jugaba con las muñecas de mi prima, y me gustaba vestirme con la ropa de mi madre para jugar. Nosotros jugábamos dentro de mi casa todo el tiempo, y nos divertíamos mucho. Un día, yo me puse el lápiz labial rojo de mi madre, su traje negro, y sus tacones negros. Mi prima cogió algunas cosas de su madre, y nos vestimos delicadamente.

De momento, escuchamos unos pasos viniendo de las escaleras de la sala, y nos paralizamos. Me apresuré a quitarme la ropa para que no supieran que estaba jugando con ella. La ropa de mi madre estaba prohibida. Intenté quitarme el traje, pero la cremallera estaba atascada. Inesperadamente, mi padre abrió la puerta, y entró al cuarto. Mi corazón se aceleró, y me congelé de miedo. Mi padre comenzó a caminar hacia mí, y me asusté tanto, que comencé a temblar.

AFLICCIÓN DE ROSA

Su cara se puso roja, y me gritó con la voz más fuerte que podía producir, "¡Niño! ¿Qué diablos estás haciendo con la ropa de tu madre?"

Salté hacia atrás asustado. Él nunca me había gritado de esa manera. Después de unos segundos, respiré profundo, y dije, "¿Me veo lindo, papá?"

Mi pregunta lo hizo tan enfurecido, que me bofeteó la cara, y me dijo, "¡Quítate esa ropa antes de que la arruines! No voy a tener a un maricón dentro de mi casa."

Me caí hacia el suelo atónito, y comencé a llorar del dolor. Eso sólo empeoró las cosas. Me pegó en la cara otra vez, y me dijo, "¡Te he dicho miles de veces que los niños no lloran!"

Me tragué todas mis lágrimas intentando parar de llorar. No fue suficiente para complacer su coraje. Comenzó a pensar en el mejor castigo para la situación. Me agarró del brazo, y me dijo, "Te voy a tener que dar una lección de cómo ser un verdadero hombre."

Mientras se quitaba su correa, me arrancó la camisa, y me tiró encima de la cama. Me quedé quieto por unos segundos antes de que me gritara, "¡Acuéstate bocabajo!"

Se enrolló la correa dentro de su mano, y dejó la hebilla de metal expuesta. Rápidamente, comenzó a pegarme con ella. Podía sentir la hebilla de metal lacerando mi piel. Sangre caliente comenzó a exudar de mi espalda. Intenté no llorar lo más que pude, pero el dolor era insoportable, y comencé a gritar, "¡Papi, por favor! ¡Para! ¡Perdóname!"

Nada lo iba a parar. "No voy a parar hasta que aprendas lo que significa ser un hombre."

CHRISTOPHER A. FIGUEROA

Después de lo que pareció una eternidad, paró de pegarme. Levantándome de la cama, me dijo, "Sígueme niño, estás castigado. Vas a ir a al cobertizo."

Todo lo que podía hacer era rogarle para que no me llevara a ese horrible lugar. "No, papá, por favor. ¡No el cobertizo!" le gritaba repetitivamente cuando él me arrastraba de mi brazo a través de la casa.

Este cobertizo no era uno usual. No tenía ningún tipo de herramientas adentro. Él no lo utilizaba para nada más, y nada menos que castigarme cuando él lo veía necesario. Cuando él pensaba que yo estaba siendo imprudente, me encerraba ahí dentro. No tenía ventanas, y la puerta tenía espacios pequeños entre la madera; esa era la única forma que la luz podía entrar. Mi padre era la única persona con una llave, así que tenía todo poder sobre el cobertizo.

Yo le tenía mucho miedo a la obscuridad en ese punto de mi vida, y mi padre lo sabía. Él no me daba ningún tipo de comida mientras me mantenía ahí dentro. A veces me dejaba adentro por días, tal vez una semana.

De vez en cuando, mi madre se acercaba secretamente, y me daba galletas de soda por los espacios entre la madera de la puerta. No eran mis galletas favoritas, pero obviamente, yo comía cualquier cosa cuando no había comido nada en días. Esta vez en particular, mi padre me mantuvo dentro del cobertizo por cinco días. En la tercera noche, Mayo 30, de 2003, mi madre vino a la puerta.

"Bruce, Bruce... Ten, cómete eso antes de que tu padre se levante." me dijo desesperadamente.

Me levanté inquieto, y agarré las galletas lo más rápido que pude. Me las comí como un maniaco que nunca había comido algo en

AFLICCIÓN DE ROSA

su vida. No pudo haber venido en un mejor momento. Ya me había desmallado, por eso estaba dormido.

"¡Bruce, avanza! ¡Tu padre se levantó!"

Escuché a mi padre corriendo por la casa como un jabalí salvaje. Empujó la puerta de atrás abierta, y corrió hacia el cobertizo. No podía ver su cara, pero sé que estaba extremadamente molesto cuando dijo, "¿Qué carajo haces, perra? ¡Tenemos que enseñarle a ese niño una lección! Tiene que aprender cómo ser un hombre. No voy a tener un marica dentro de mi casa."

La voz de mi madre comenzó a temblar cuando le dijo, "Pero Dan, si no come nada, se puede…"

Escuché el sonido ardiente de una gaznatada contra la cara de mi madre. Poseído por rabia, mi padre le dijo, "No me contestes. Entra a la maldita casa, antes que patee tu vida fuera de tu cuerpo. ¡No te atrevas a traicionarme así otra vez! ¡Te arrepentirás para siempre!"

Dando unos pasos hacia adelante, me dijo por la puerta, "Escúchame bien niño. Puedes darle las gracias a tu madre por ganarte días extra dentro del cobertizo."

Esos próximos dos días, los pasé mirando intensamente la luz que entraba por las hendijas de la puerta. ¿Era necesario dicho castigo? Después de todo, yo sólo tenía diez años. No podía comprender como una persona podía tratar a otra persona, especialmente a su propio hijo, de una manera tan horrible. Tenía mucha hambre, pero por suerte, fui inteligente, y sólo me comí una galleta por día. Tuve suficiente para durarme hasta el día en el que abrió las puertas.

En Junio 1, de 2003, mi padre abrió las puertas del cobertizo. Me miró a los ojos directamente, y me dijo, "Hijo, espero que hayas aprendido tu lección. No te atrevas a ponerte la ropa de tu madre otra vez, o te arrepentirás."

"Si, papá," le contesté avergonzado.

"Ahora vete a tu cuarto, y lee la Biblia. Tal vez las palabras de nuestro Señor salvarán tu alma de ser un homosexual asqueroso. Si no cambias, irás al infierno."

Bajé mi cabeza humillado, y caminé hacia mi cuarto. Odiaba leer la Biblia. No podía entender ninguna palabra que decían. Todo eran castigos, o no hagas esto, no hagas lo otro. Aunque las palabras de la Biblia me daban miedo, le rogaba a Dios por ayuda. Rezaba todas las noches para que algo cambiara. Le rogaba por días en los no me pegaran, y días en los que mi madre pudiese sonreír. Lamentablemente, nada cambió. Mi padre todavía nos maltrataba, y mi madre lloraba antes de dormir.

Ese día, subí las escaleras hacia mi cuarto. Me quité toda la ropa, y me paré frente al espejo. Podía ver cada una de las cicatrices que mi padre me había hecho con el tiempo. Me sentía tan inútil, rechazado, y odiado. Le seguí rogando a Dios para que algo cambiara, pero nunca recibí su respuesta. El tiempo pasó rápidamente, y el odio de mi padre seguía creciendo sin cesar.

Tres años pasaron, y algo sucedió en mi cumpleaños número trece, en Mayo 24, de 2006. Entré en pubertad, y mi madre me habló acerca del sexo sin que mi padre lo supiera. Estaba confundido por los cambios que me sucedían, pero no tenía con quien hablar. Mi padre odiaba mi existencia, y mi madre tenía demasiado miedo como para ayudarme más.

Mi padre pensó que podía arreglar mi homosexualidad mandándome a una escuela católica. Él pensaba que enseñándome más acerca de la religión, arreglaría mi preferencia sexual. Cuando entré en pubertad, comencé a sentirme extraño hacia los chicos. Mi padre me decía que se suponía que me

AFLICCIÓN DE ROSA

gustaran las niñas, pero no me sentía así hacia ellas. Me hubiese matado si le decía que yo pensaba que era gay.

Confirmé de seguro que me gustaban los hombres cuando fui a mi primera clase de deportes en Septiembre 19, de 2006. Después de hacer ejercicios, nos enviaron a las duchas. Yo pensaba que eran duchas como en una casa, con cortinas privadas, pero en la escuela estaba todo descubierto. Todos nos podíamos ver todo. Me hacía sentir un poco inseguro, pero afirmé mi valentía, y me duché como todos los demás jóvenes de mi edad. De momento, noté que estaba teniendo mi primera erección después de haber mirado a varios de mis compañeros. ¡Estaba tan avergonzado! Agarré mi toalla, y corrí antes que alguien notara que estaba excitado.

Septiembre 25, de 2006, se convirtió en uno de los días más horrorosos de mi vida. Mi padre me compró ropa como si fuese parte de un culto. Camisas de botones blancas, pantalones negros, y zapatos negros. Él me decía que un hombre siempre tiene que vestirse respetuosamente. Nunca me las puse, porque yo ahorraba dinero para comprarme ropa que en verdad me gustaba. Ese día, me puse mi camisa azul clarito, mis mahonés negros, y me peine el pelo hacia el frente. Todos los chicos de mi edad se ponían camisas de caricaturas, video juegos, o tal vez alguna carabela aquí, y allá, pero yo no. Yo siempre me vestía de colores brillantes todo el tiempo.

No tomó mucho tiempo en que mis compañeros de la escuela notaran que era diferente porque me vestía peculiar. Una pequeña cantidad de tiempo pasó antes de que ellos me dijeran palabras hirientes. Me encerraban en cubículos, y hacían de mi vida un infierno viviente. Siendo una escuela católica, ese lugar no era muy cristiano.

El abuso no comenzaba hasta que la escuela terminaba. Escuché una voz fuerte decirme desde lejos, "Oye maricón, ven acá."

CHRISTOPHER A. FIGUEROA

Me tomó por sorpresa, y me asustó levemente. Volteé mi cabeza para ver quien era, y claro, era Bryan. Él era uno de los jóvenes más fuertes de mi clase. También era la estrella del equipo de baloncesto, y uno de los niños más populares.

Me miró con una mirada enojada, pero yo no le había hecho nada. Enderecé mi espalda, y le dije, "¿Qué demonios quieres, Bryan?"

Escupió mis pies, y me dijo sarcásticamente, "Que linda camisa. Te pareces a mi hermanita."

Bryan siempre encontraba una forma de herir mis sentimientos, pero ese día no tenía tiempo para gastar con él, así que me volteé, e intenté caminar lejos de él. "Vete al diablo, Bryan. Déjame en paz. Tengo que irme a casa antes de la cena, o mi padre me matará. Créeme que le tengo más miedo a él, que a ti."

Escuché sus pasos un poco más cerca cuando me dijo, "Eres un homosexual sucio. Tal vez le debería ahorrar tiempo a tu padre, y matarte ahora mismo."

Tenía demasiado miedo como para mirarle. Intenté caminar un poco más rápido para escaparme. Algo me dijo que me volteara, y cuando lo hice, me sentí amenazado. Sabía que no estaba relajando. Corrí lo más rápido que podía, pero en poco tiempo me alcanzó. Agarró la parte de atrás de mi camiseta, y me arrojó contra el suelo. Un pequeño chillido de dolor salió de mi boca. Bryan comenzó a patearme repetitivamente. Intentando protegerme, me convertí en una pelota, con mis rodillas en el pecho. Podía escucharlo riéndose en burla, mientras sus botas de punta de metal dejaban su firma dolorosa en mi costado.

Comencé a gritar para que parara. Por suerte, el sacerdote de nuestra escuela, el Padre Morgan, escuchó mis lamentos desesperados, y vino a ayudarme.

AFLICCIÓN DE ROSA

"Bryan, deja ese niño tranquilo. ¡La violencia no se ve bien en los ojos de Jesús!"

Bryan miró hacia el sacerdote, y huyó con una rapidez impresionante. Él sabía que estaba en problemas, pero creo que correr fue sólo su primer reflejo.

El Padre Morgan tomó mi mano, y me dijo con una voz preocupada, "¿Hijo, te encuentras bien?"

Apreciaba su preocupación, pero no tenía tiempo para malgastar. Me sacudí el polvo, y le miré a los ojos cuando le dije con una sonrisa, "En verdad que no, Padre, pero gracias por detenerlo."

"Ni lo menciones. Era lo menos que podía hacer. ¿Quieres entrar a mi casa para algo de beber? Te ayudaré con tus heridas. Tomaste una buena paliza."

No podía creer que estaba preocupado por mí. Era un extraño, así que preferí tragarme el dolor, e irme a mi casa. "No gracias, Padre. Necesito llegar a casa antes de la cena o tendré problemas."

Le dije mis adiós, y caminé a casa con mucho dolor. No podía dar un paso sin sentirme como si me estuviesen apuñalando. Pensé que cuando llegara a mi casa, tendría un poco cariño, pero pensé mal.

Mi padre estaba sentado en la mesa bebiendo cerveza. Ni un segundo después que tomé el primer paso adentro de mi hogar, mi padre caminó hacia mí, y me abofeteó la cara. "¿Qué carajo tienes puesto?" me preguntó. "¿Dónde conseguiste esta ropa? ¿No aprecias la ropa que yo te compro? ¿No son lo suficientemente buenas para ti, princesita? Me das asco. Deja de vestirte como niña."

CHRISTOPHER A. FIGUEROA

Se volteó, y caminó hacia su habitación. Cuando estaba fuera de vista, mi madre caminó hacia mí, y con una voz preocupada, me dijo, "Dios mío, Bruce. Ten, ponte esto en la cara. Te voy a buscar algo para el dolor."

Me senté en la silla cuidadosamente para no hacerme más daño. El dolor seguía multiplicándose por mi cuerpo. Mi madre volvió de la cocina con un vaso lleno de agua, y unas medicinas para el dolor. Me sonrió piadosamente, y me dijo, "Toma, Bruce, bébete estas pastillas. Te harán sentir mejor. ¿Quién te hizo esto?"

Después de un silencio largo, le dije, "Bryan, el que siempre me pega."

"Bueno, tendremos que hacer algo acerca de eso. No podemos dejar que te siga pegando de esta manera. Eventualmente, irá más lejos."

Me sentí mejor, pero las pastillas me dieron mucho sueño. Recuerdo haberme dormido rápidamente, pero no duró mucho tiempo. Los gritos, y los llantos de mi madre me levantaron. Escuché a mi padre empujando a mi madre alrededor de nuestra casa, rompiendo cada uno de los objetos de cristal que teníamos. No lo podía aguantar más. La rabia dentro de mí, crecía cada vez más, cuando escuchaba a mi padre golpeando a mi madre todos los días. Me apresuré al sótano, y agarré la escoba. Le removí el cepillo, y corrí hacia la sala.

Respiré profundamente, y con la voz más fuerte posible, le grité, "¡Papá, déjala quieta!"

Me miró con ojos alocados, y mientras se reía de mí, me dijo, "Esto no es tu problema. Lárgate de aquí antes que te parta la cara."

AFLICCIÓN DE ROSA

Estaba muy lejos de mí, pero como quiera podía oler el olor a cerveza que salía de su aliento. Él olía sucio, como si no se hubiese bañado desde hace días.

Estaba pasando trabajo para respirar, y mis manos estaban temblorosas, pero de alguna forma, conseguí valentía para gritarle, "Te advierto, si no la dejas ir, voy a llamar a la policía."

Con una sonrisa malévola en su cara, se volteó, y comenzó a correr hacia mí. El miedo tomo control sobre mi cuerpo, y mi corazón saltó un latido. Podía sentir la adrenalina corriendo por mis venas como agua en un rio. Cerré mis ojos, y moví el palo de escoba, como si fuese un bate de beisbol. Repentinamente, sentí el palo detenerse, y mi padre cayó al suelo. Notando que estaba noqueado, corrí hacia el teléfono para llamar al 911. Todavía recuerdo esa llamada, hasta el día de hoy. "911, ¿cuál es su emergencia?"

Peleando con el aire, le respondí, "¡Ayuda! Mi padre nos está tratando de matar."

La operadora me interrumpió, y me dijo, "Cálmese, caballero. ¿Dónde se encuentra?"

Intentando no dejar caer el teléfono, miré hacia detrás de mí para ver a mi padre. Estaba recuperándose. Entré en modo de pánico, y le grité a la operadora, "¡Sundry Acres, casa G-11! ¡Mande a la policía, y a las ambulancias ahora!

Colgué el teléfono, y corrí hacia afuera con mi madre, intentando salvar nuestras vidas. Nuestros vecinos salieron de sus casas para ver que estaba sucediendo. Estaba sorprendido, porque a que todos los días mi padre le pegaba a mi madre, y nunca habían salido de sus casas. Después de unos minutos, mi padre se recuperó, y comenzó a correr hacia nuestro jardín.

CHRISTOPHER A. FIGUEROA

Abrió la puerta en un movimiento uniforme. Con ojos psicóticos, nos miró, y gritó, "¡Los dos están muertos! ¡Les juro por Dios, que los voy a matar a los dos cuando les ponga mis manos encima!"

Comenzó a correr hacia nosotros. Intenté proteger a mi madre parándome frente a ella, pero mi padre me golpeó en el estómago, y me pateó al suelo. La agarró por la camisa, y le dijo en el oído, "Ven acá puta. Si quieres actuar como perra, te voy a tratar como una."

Le pegó a mi madre en la cara, y la arrojó al suelo. La arrastró por el pelo hacia mi lado, y la pateó repetidamente. Me sentí tan inútil porque no podía defender a mi madre. Cuando mi padre me dio, refrescó la paliza que Bryan me había dado durante el día. Pensé que los vecinos lo hubiesen detenido, pero ellos sólo se pararon en sus puertas, bebiendo cerveza, y viendo el teatro.

La policía llego antes de que mi padre le rompiera el cráneo a mi madre. Ella estaba acostada en el piso llena de sangre. No se estaba moviendo. La policía le dio a mi padre por detrás de la cabeza para hacerlo caer el suelo. Mientras caía, él dijo, "Quítenseme de encima, cerdos. ¡Esta es mi maldita casa!"

La policía le siguió pegando para que dejara de resistir. Después de uno segundos, se rindió. Le pusieron las esposas, y lo metieron detrás de la patrulla. Si me hubiesen dado a escoger a mí, le hubiese disparado.

Una ambulancia vino, y nos ajoró al hospital. No recuerdo que sucedió exactamente, porque estaba luchando para mantenerme despierto. Sólo recuerdo el sonido de las sirenas llorando dentro de nuestros oídos, mientras el conductor hacía cada curva cerrada hacia el hospital. Por suerte, sólo teníamos varios huesos rotos, y después de un tiempo, nos podíamos recuperar perfectamente. Después de ese horrible día, no quería saber nada acerca de mi inútil padre.

AFLICCIÓN DE ROSA

2 MI NUEVO AMIGO

Noviembre 5, de 2006, algunos meses han pasado desde que mi padre fue a prisión, y una pequeña cantidad de paz entró en mi hogar. Pensé que las cosas se pondrían mejor, pero pensé mal. Irónicamente, mi madre comenzó a beber fuertemente para lidiar con el dolor que mi padre nos causó. Yo ya no era su hijo, sino otro mueble de la casa.

Todos los días cuando llegaba a mi hogar, mi madre estaba demasiado borracha como para cocinar comida. Me sentía extremadamente avergonzado de mi madre por convertirse en una borracha. La casa no cambió para nada; todavía estaba llena de latas de cerveza, y olía a vomito.

Con el tiempo, la escuela se puso mejor. Después que el Padre Morgan vio a Bryan pegándome, lo expulsó de la escuela. No me podía haber sentido más feliz. Bryan era uno de los peores abusadores de la escuela, y todo fue un poco más calmado luego de su ausencia. No obstante, la expulsión de Bryan no solucionó el problema completamente. Los abusadores se esparcieron como la plaga. El Padre Morgan hizo protegerme su misión, y por un tiempo, lo logró. La gente tenía miedo de pegarme, porque sabían que él era mi amigo. Nadie me hablaba dentro de la escuela por mi homosexualidad, así que la amistad del Padre Morgan vino bien. Su edad no me era relevante. Me liberé de las cadenas del estrés, y mis notas mejoraron porque no había nadie que me pegara.

Los maestros de la escuela no me trataban bien por mi preferencia sexual, pero no me importaba. Aun recuerdo mi primer enamoramiento con uno de mis maestros. Él era el maestro de inglés. Su nombre era Sr. Mark. Yo presentía que yo le gustaba, porque él me miraba con ojos coquetos. Él era muy joven, y apuesto, con pelo marrón, ojos azules, tez blanca, y una quijada muy masculina. Siempre sonreía con su sonrisa alineada perfectamente. Cada vez que lo miraba, sentía como si me fuese a derretir.

El tiempo pasó lentamente, y la escuela se convirtió más hogareña que mi propia casa. Sólo tenía un amigo, Padre Morgan, pero por lo menos tenía alguien con quien hablar.

Mayo 23, de 2007, fui a casa del Padre Morgan, y brinqué de felicidad porque mi cumpleaños estaba cerca. Él me dijo con una voz muy suave, "Si tienes problemas en tu casa, ven aquí, y yo tendré una linda fiesta para ti. No te preocupes, Bruce. Voy a hacer de tu cumpleaños una fecha que nunca olvidarás. Estás convirtiéndote en un joven de catorce años, un joven adulto. Debe de ser una celebración grande."

Ese día caminé hacia mi casa como el joven más feliz del planeta. Me sentía tan regocijado. No había nadie que me golpeara, y nadie hacia mi vida imposible. Por fin me sentía salvo. Cuando llegué a mi casa, mi madre estaba borracha, lo cual era algo normal para esa época. Ella estaba sentada en el sofá bebiendo alcohol, y viendo televisión. No podía aguantar la monstruosidad en la que mi madre se había convertido. Ella solía ser una mujer muy bella, que haría lo que fuese para proteger a su familia. Pero cuando mi padre fue preso, las cosas se pusieron feas. Mi madre

AFLICCIÓN DE ROSA

tuvo que tomar dos trabajos. Uno para comprar alcohol, y otro para pagar las deudas.

Ese fue otro día en el que tuve que irme hambriento a la cama. Yo nunca vi a mi madre cocinar algo. No sé cómo se mantenía viva. Miré a mi madre y le dije, "Mamá, ¿sabes que mi cumpleaños es mañana, verdad?" Fue como hablarle a una pared. Sus ojos se mantuvieron pegados al televisor. Con una lagrima deslizándose por mi mejilla, me volteé, y me fui a dormir con el estómago vacío.

En la mañana de Mayo 24, de 2007, me levanté muy animado, porque era mi cumpleaños. Rápidamente, me comí mi desayuno, y me vestí. Corrí hacia la escuela lo más rápido que pude. Quería decirle hola al Padre Morgan. Toqué la puerta, y después de unos segundos, el silencio persistió. Su casa estaba inusualmente callada esa mañana. De repente, sentí que la puerta se abrió, y un chico, de la misma edad que yo, salió corriendo llorando. Lo miré mejor, y noté que era Kevin Peters, un compañero de clase. Él era un chico igual a mí; venía de una familia problemática, y era gay. Nunca hablamos por miedo de que nos vieran juntos. Siempre quise ser su amigo, pero nunca tuve la oportunidad.

Sólo con sus pantalones puestos, el Padre Morgan, corrió hacia la puerta. Cuando iba a correr detrás de Kevin, me vio a mí, y se paró atónito por un momento. Tragando fuertemente, abrió sus ojos, y me dijo, "Bruce, ¿qué haces aquí tan temprano?"

Lo miré directamente a los ojos, y vi miedo. Podía notar que algo andaba mal, y le dije, "Nada, Padre, sólo quería decirle hola. ¿Qué hacia Kevin aquí?"

Sus ojos comenzaron a escanear toda el área buscando alguna pista de Kevin. Después de unos segundos, se rindió, y me dijo, "Kevin necesitaba ayuda con algunos problemas religiosos. No te preocupes niño, no te incumbe a ti."

CHRISTOPHER A. FIGUEROA

Algo no se sentía verdadero en su respuesta, así que le pregunté, "Pero estaba llorando, ¿Por qué?"

El Padre se enfureció, y se volteó para mirarme a los ojos. Forzando una sonrisa en su cara, me dijo, "Como te dije previamente, Bruce, él tenía unos problemas religiosos, y yo le ayudé a resolverlos." Se mantuvo silencioso por unos segundos hasta que dijo, "Oye, Bruce,"

Le di la espalda, y le miré de reojo diciéndole, "¿Si, Padre?"

¿Puedes mantener esto entre nosotros? No se supone que vea personas a esta hora de la mañana. Ah, y no te olvides de nuestra fiesta por la tarde. Nos vemos luego"

Sus últimas palabras sonaron un poco extrañas. No lo había visto tan preocupado antes. Seguí caminando hacia mi salón confundido. La campana sonó, y me fui a clases. Fue otro día aburrido dentro de la escuela. Cuando la clase del Sr. Mark llegó, estaba tan avivado por mi fiesta con el Padre Morgan, que no le presté atención. El Sr. Mark se dio cuenta, y me dijo, "Bruce, has tu trabajo. ¿Quieres que te envíe a la oficinal del principal?"

Honestamente, el principal era el Padre Morgan. No me hubiese importado ir a donde él. Pero no quería serle rudo al Sr. Mark, así que le contesté, "No, Sr. Mark, perdóneme."

El reloj siguió moviéndose, y cada segundo que pasaba se sentía eterno. Me estaba desesperando tanto para que sonara la campana final. Por fin, sonó la campana, y corrí lo más rápido que pude. Cuando llegué a la puerta del Padre Morgan, toqué la puerta tan fuertemente que hizo un sonido muy alto. Escuché movimiento dentro de la casa. "¿Quién es?" una voz dentro de la casa me dijo.

AFLICCIÓN DE ROSA

El Padre nunca había preguntado quien era. Se sintió un poco raro. Estaba tan ansioso por mi fiesta que ignoré la situación bizarra por completo. "Soy yo, Bruce."

Un silencio perturbador se mantuvo presente durante varios segundos. "Ah perdóname, Bruce. Entra, la puerta está abierta."

Abrí la puerta lentamente, y entré. Noté un cambio drástico adentro de la casa. El cuarto estaba más obscuro que lo usual. La vibra del aire se sentía incómoda cuando caminé hacia delante, y vi la mesa llena de velas encendidas, revistas, y muchos DVD. No sabía de seguro por qué, pero tenía un presentimiento que algo no estaba bien. Mientras me sentaba en el sofá para esperar a que saliera, comencé a comer la variedad de dulce que él había puesto. Había todo desde golosinas de caramelo, chocolates, mantecados, y algodón de dulce.

Escuché cuando algunas cosas se cayeron dentro de su cuarto, pero no le presté mucha atención. Luego de unos segundos, salió de su cuarto, y no tenía ropa de sacerdote puesta. Sólo tenía ropa casual; una camisa polo azul, mahonés, y zapatos.

"Hola, Bruce" me dijo.

"Hola, Padre" le respondí.

Me miró por un momento, y sonrió al decirme, "Por favor, llámame Morgan. Hoy, piensa de mí como tu mejor amigo, no como un sacerdote."

Sus palabras se tornaban más extrañas cada vez que hablaba. No pensé que era algo relevante, así que le contesté, "Está bien, Morgan. No te llamaré Padre. ¿Qué haremos primero?"

"Bueno, primero vamos a comer. Hice comida para ambos. ¿Te gusta la pizza? No sé para qué pregunto. ¡A todos los chicos le gusta la pizza!"

CHRISTOPHER A. FIGUEROA

Nos sentamos en la mesa por algunos treinta minutos, y una conversación muy rara surgió. Él comenzó a hablar de su niñez, y su cumpleaños número catorce. Nos reímos un rato por algunos momentos hasta que su expresión facial se puso seria. Me miró, y me dijo, "Bruce, estás convirtiéndote en un hombre. Tal vez deberías beber una bebida de hombres. Todos los niños de tu edad lo hacen, ¿por qué no tu?"

Se sentía bien que me alagaran. No pensé que podía doler, así que le dije que sí. Él se paró de su silla, y sonrío maliciosamente. Abriendo varias gavetas, agarró unos vasos pequeños, y una botella de líquido claro. Yo sólo era un niño, no sabía lo que estaba haciendo. Sobrellevado por el entusiasmo, agarré uno de los vasitos de cristal, y le dije que me sirviera un trago. El destapó la botella, y me lo sirvió. Levantando el vasito, me tragué el líquido tan rápido como una bala. La respiración se convirtió casi imposible mientras el líquido arrasaba con mi garganta, quemando cada cosa que tocaba. Cada vez que me daba un trago sentía como si mis preocupaciones se desvanecieran, y todos mis dolores se ahogaban. Morgan me miró, y me dijo, "Eso es suficiente por hoy. Definitivamente te estás convirtiendo en un hombre. Te bebiste tres tragos sin ningún problema."

Comenzó a notar que me estaba poniendo desorientado. Me agarró por la mano, y caminamos hacia la sala. Sentándonos en el sofá, nos relajamos un poco. Miré hacia mi derecha, y vi las revistas que había visto cuando entré. No pude controlar mi curiosidad, y le pregunté, "¿Oye, Morgan, que son esas revistas?"

Me miró directamente con una sonrisa en sus labios, y me dijo, "No te preocupes por ellas por ahora, niño. Son para después. Vamos a ver televisión, y pasar el tiempo."

Nos sentamos en el sofá por más o menos una hora antes de que la televisión se puso aburrida. Comencé a bostezar, me sentía cansado, y desorientado por los efectos del alcohol. Morgan

AFLICCIÓN DE ROSA

intentó animar el día con una serie de preguntas incómodas. Pude haber escogido no contestarle sus preguntas, pero no quería ser insensato.

"¿Bruce, nosotros somos amigos, verdad?

No sabía porque me preguntaría algo así, él sabía que él era mi único amigo. De igual forma, le contesté, "Si, Morgan."

Me miró, y con una voz sospechosa me dijo, "¿Y los amigos hacen cosas uno por el otro, verdad?" Sus preguntas se convertían cada vez más arduas. El alcohol me tenía confundido, y no sabía qué responder.

Comenzó a quitarse la ropa con una sonrisa vil en su cara, y me dijo que me quitara mi ropa también. Luego de quitarnos la ropa, nos sentamos en el sofá con sólo nuestra ropa interior. Hubo ciertos momentos de silencio en el que me quise ir. Morgan rompió el silencio con otra proposición extraña. "Es tiempo para las revistas. Agarra una, y léela."

No entendía muy bien porque estábamos en nuestra ropa interior, y me hacía sentir un poco sucio. El juego que jugábamos era muy incómodo. De igual manera, tomé una de las revistas, y la abrí. Sentado en el sofá con la revista en mis rodillas, comencé a ver fotos de hombres desnudos. Un sentimiento severo de espanto tomó control de mi cuerpo. No esperaba pornografía de un sacerdote. Dejé caer la revista al suelo, e intenté pelear con las lágrimas cuando me di cuenta de lo que él me quería hacer.

Rápidamente, Morgan reaccionó, y me dijo, "Espera, Bruce, cálmate. Quédate, todos los jóvenes de tu dad miran pornografía. Es completamente normal."

Me paré del sofá, e intenté alejarme de la situación. Él agarro un DVD, y lo puso en el televisor. Mi cuerpo seguía tambaleándose lado, a lado, mientras mis ojos escaneaban el cuarto buscando donde el Padre escondió mi ropa.

Me miró una vez más, y me dijo, "¿Qué sucede, Bruce? ¿Acaso no es esto lo que quieres?"

No le contesté, porque no sabía qué contestarle. Removiendo su ropa interior, comenzó a jugar con sí mismo. Se acercó un poco más hacia mí, y comenzó a sobarme el muslo. Me sentía cada vez más incómodo. Agarró mi mano, y la puso encima de sus genitales, mientras él me sobaba por encima de la ropa interior. Me sentí tan asustado, que pensé que moriría. Me sentía violado. En este momento, ya había sobrepasado la incomodidad. Estaba en pánico completo. Cerré mis ojos para imaginarme en un lugar mejor.

Me paré del sofá, y corrí hacia afuera. Mi corazón estaba a punto de salir por mi pecho. No me importaba que estuviera en mi ropa interior. Tenía que correr. No podía creer que el Padre Morgan había fingido ser mi amigo sólo para tocarme. Me sentía tan usado, y repulsivo. Mi cumpleaños está cicatrizado para siempre. Cientos de pensamientos corrían por mi mente. No tenía a nadie en este punto de mi vida. Otra vez estaba solo, y miserable.

Mayo 30, de 2007, algunos días pasaron desde la última vez que vi al Padre Morgan. No sé que le sucedió. Después de mucho pensamiento, recordé que esa mañana, Kevin había corrido fuera de la casa de Morgan. Tal vez el Padre le había hecho lo mismo a él. Tal vez le arruinó su vida de la misma forma que arruinó la mía.

No pude dormir por varios días pensando en lo que sucedió. No podía dejar ir el pasado. La cantidad de vergüenza, y humillación que tengo por mi vida es increíble. Seguí peleando con mis pensamientos, pero esa era una batalla que no podía ganar. Caí en una depresión masiva, y no podía hablar con nadie. No había

AFLICCIÓN DE ROSA

nadie que me escuchara, así que no importaba. Me mantuve silencioso por un mes. No le podía hablar a nadie. ¿Pero para qué intentarlo? Nunca les importó lo que yo tenía que decir. ¿Por qué les importaría ahora?

Junio 10, de 2007, todo era aburrido. Sólo iba a la escuela, y viraba a mi casa. Mi vida se convirtió en una rutina. Hacer lo mismo todos los días sólo era abono para mi depresión. Por las noches, me acostaba en mi cama, y miraba el techo intensamente. ¿Qué se supone que haga ahora? ¿Debería terminar con mi vida?

3 GRADUACIÓN

Hasta el día de hoy me recuerdo de mi graduación, Junio 30, de 2007. No estaba muy animado a ir, pero no tenía otra opción Podías ver a todo el mundo feliz, y sonriente, mientras yo estaba solo, y avergonzado. Mi madre estaba borrachísima en la sala de la casa, y mi padre... Sinceramente no sé donde estaba mi padre, ni me importaba.

Me senté en la silla que me asignaron, y podía ver a los padres de los demás con sus cámaras, celebrando, y aplaudiendo. Escuchaba al nuevo principal llamando los nombres de cada uno de los estudiantes. La ansiedad me comía vivo. Estaba loco por que llamara mi nombre para poder largarme.

El nuevo principal era un hombre viejo, más o menos de cincuenta años de edad. No le podíamos hablar a menos que él nos hablara primero. Caminaba los pasillos de la escuela como un comandante militar, su quijada hacia arriba, y con ropa que parecía ser planchada cada diez minutos.

Nunca aprendí su nombre. Probablemente porque no escuché nada de lo que me decían por mucho tiempo. El final del año escolar fue horriblemente lento. La soledad no fue la peor parte.

AFLICCIÓN DE ROSA

Ya estaba acostumbrado a ella. La peor parte era llegar a mi casa, y ver lo mismo todos los días. Estaba poniéndose desagradable.

Mi mente seguía repitiendo todos mis pensamientos tenebrosos hasta que escuché que llamaron mi nombre, "Williams, Smith, Bruce"

Cuando el nuevo director dijo mi nombre, podía notar en su voz el resentimiento, y el odio que sentía hacia mí. Me paré de mi asiento, y comencé a caminar hacia la tarima lo más rápido que podía. Me mantuve cabizbajo. No quería mirar a ninguno de mis compañeros a los ojos. Ya me sentía suficientemente humillado.

Todo estaba yendo bien hasta que uno de los estudiantes me tropezó. Me caí de boca hacia el suelo. Mientras subía mi mirada, vi a todas las personas apuntando hacia mí, y riéndose. Luchando con el dolor, y la humillación, me paré, arreglé mi toga, y seguí caminando. No podía esperar más para irme de ahí.

Caminé hacia el lado derecho de la tarina, y subí las pequeñas escaleras. Dando unos pasos hacia el frente, subí mi mirada para ver al nuevo principal, y recibí su mirada fría. Él dio un paso hacia delante dándome el diploma, y caminó hacia el micrófono para decir el próximo nombre. Me quedé parado ahí unos segundos esperando su apretón de manos, pero nunca llegó. ¿Por qué no me merecía su saludo como todos los demás? Su ignorancia me dolió, pero tenía peores cosas sucediéndome.

Caminé lejos de la tarima como si nada hubiese pasado. Tenía demasiado orgullo como volver a mi silla, así que me fui. Después de ser humillado dos veces en un día, simplemente quería irme a mi casa. De camino, comencé a pensar en las nuevas oportunidades que la secundaria me podría traer. Pensé en todas las personas nuevas que podía conocer. Tal vez hasta haría amigos.

CHRISTOPHER A. FIGUEROA

Aunque mi ciudad no era conocida por su hospitalidad, tenía esperanza que la escuela superior sería diferente. Tal vez no me odiarían, ni abusarían de mí. Tal vez iba a ser aceptado. Tenía que parar de pensar en mi futuro, porque no tenía ningún tipo de control sobre él.

Julio 5, de 2007, no sé con quién me gustaría pasar el verano. No tenía a nadie, ni familia, ni amigos. Mi padre estaba preso, mi madre bebía demasiado, y mis abuelos estaban muertos.

Por la tarde el hambre me dominó. Ya no estaba en la escuela, así que me veía obligado a comer en casa. Tenía que preparar mi propia comida. No me malinterpreten, me encantaba cocinar, pero no tenía suficiente dinero como para comprar comida.

Mientras me sentaba comiendo una pasta enlatada, comencé a pensar acerca de que podría haber pasado si fuese normal. Tal vez pudiésemos ser una familia feliz. Como yo no iba a ser el niño masculino que mi padre deseaba, me odiaba con todo su ser. Para él, yo era meramente un desastre.

Gasté la mayoría de mis días solo. Todo lo que podía hacer era pensar. A veces pensaba demasiado. No podía entender porque a tan temprana edad, yo había vivido por tantos problemas. Me encantaría que me ayudaran. No sabía a quien pedirle ayuda. Me sentía tan solo, y triste. ¿Por qué este mundo me odia? ¿Me merezco lo que recibo?

Algunos dicen que la religión te trae esperanza. La religión me trajo dolor, y sufrimiento. Si de verdad hay un Dios, y el tiene el poder para cambiar lo que fuese, ¿Cómo puede sentarse, y mirar cuando todo el mundo se quema? ¿Cómo puede dejar que toda la gente sufra, y perezca? La vida eterna, y el paraíso no parecen suficiente recompensa por las cosas que la gente pasa.

Julio 27, de 2007, me di cuenta que estaba pasando demasiado tiempo solo. Tenía que dejar de pensar tan trágicamente. Si

AFLICCIÓN DE ROSA

continuaba haciéndolo, me iba a volver loco. Por lo menos la escuela ya se había acabado. Tenía tiempo para relajarme, y distraerme.

CHRISTOPHER A. FIGUEROA

4 EL SUFRIMIENTO PAUSA

Julio 10, de 2007, ese día no sabía qué hacer. Era el verano, y quería divertirme. Después de un poco de tiempo pensando, decidí ir a la playa. Me senté en la arena, y miré fijamente al océano. Era como si me hipnotizara. Cerré mis ojos, y dejé que la briza me relajara. El olor del océano era tan calmante, que casi me quedo dormido.

El sonido de las olas era muy pacifico. Casi como una canción de las sirenas. Era un buen cambio del llanto, y el grito que usualmente escuchaba en mi casa. Era difícil de creer, pero por primera vez en mucho tiempo, me sentí relajado, y feliz.

Unos minutos pasaron, y decidí abrir mis ojos para mirar el cielo. Tan pronto que lo hice, me sentí asustado. Había un joven mirándome firmemente. Di un pequeño salto hacia atrás, pero él se acercó más, y dijo, "Hola, perdóname. No te quise asustar."

En una voz muy incómoda, le dije, "Hola… ¿Qué haces?"

"Oh, sólo caminaba por la playa, y te vi. Decidí decirte hola, pero no sabía si estabas dormido. Así que me paré aquí, y esperé a que te levantaras."

AFLICCIÓN DE ROSA

Cada palabra que el chico decía, me hacía cada vez más inquieto ¿Quién diablos se para, y mira a alguien dormir?

"Soy Chris…" me dijo con una voz dulce.

"Soy Bruce." le contesté.

Sonrió con la sonrisa más dulce que había visto en mi vida, y me dijo, "Bruce, ese es un nombre muy lindo. Me gusta."

Le devolví la sonrisa, y después de unos segundos le dije, "Gracias, Chris."

"¿Quieres dar un pequeño paseo?" me dijo. "Conozco esta playa como la palma de mi mano."

Sentado en la arena, pensé en su propuesta. No soy una persona que confía fácilmente, pero su idea no parecía mala. Aunque era un extraño, era muy dulce. Levantándome de la arena, me paré al lado del.

Iniciamos a hablar acerca de nuestras vidas. Mantuve la conversación baja en detalles, y suave para las orejas. Parecía que teníamos mucho en común. Yo pensé que él era muy lindo después que comencé a conocerlo. Honestamente, nunca me había sentido así hacia una persona. Nunca tuve un amigo verdadero que no quería herirme. Me sentía perdido en esa nueva situación.

Él mantuvo silencio por unos segundos mientras me miraba. Poco después, raspó su garganta, y me preguntó cuál era mi edad. Alcé mi vista del suelo, y miré su rostro. No me pareció una mala persona, así que no vi problema en contestarle su pregunta. "Cumplí catorce hace unos meses. ¿Y tú?"

"También tengo catorce." me contestó.

CHRISTOPHER A. FIGUEROA

Lo miré sorprendido, y le dije, "¿Me hablas en serio?"

Dejando salir una pequeña carcajada, sonrió, y me dijo, "Sí, es en serio. Se burlan de mí todo el tiempo por mi edad. Parezco que tengo doce."

Me sentí mal por reírme de su edad, "No te preocupes, te ves bien en mi opinión. Para decir mejor, te vez más maduro que yo."

En mis catorce, yo parecía cualquier joven de catorce años. Medía cinco pies, cinco pulgadas, pesaba alrededor de cien libras, tenía pelo negro, ojos verdes, y piel blanca. Chris era muy diferente a mí. Medía cinco pies, cuatro pulgadas, pesaba alrededor de noventa libras, pelo marrón muy sedoso, ojos marrones claritos, y piel canela.

Hablamos en la playa por algunas horas antes de que decidiéramos que se estaba poniendo muy obscuro como para quedarnos afuera. Para mí, hacer un nuevo amigo fue como descubrir un nuevo país. En verdad que me atraía. Pero no sabía cómo decírselo.

Chris me dio su número. Esa noche, decidí llamarlo. Quería que mi voz fuese el último sonido que escuchara antes de dormirse. Tenía demasiado miedo cuando lo llamé, y seguía colgando después de cada llamada. Después de la última vez que enganché, me devolvió la llamada. Me quede parado pensando que hacer.

Agarrando el teléfono, lo moví hacia mi oreja, y dije, "¿Hola?"

Unos segundos silenciosos pasaron, y Chris dijo, "¿Sabes que tengo registrador de llamadas, verdad?"

AFLICCIÓN DE ROSA

Pensé que la gente mentía cuando decían que sentían mariposas en su estomago. Pero en ese momento, mientras hablaba con Chris, las sentí. No entendía por qué. Estaba asombrado.

Comenzamos a hablar de nuestro día en la playa. Él me dijo que se divirtió mucho, y estaba feliz de haberme conocido. Me sentía de la misma forma, pero no quería sonar desesperado. Él comenzó a bostezar, y me sentí inseguro. Pensé que lo estaba aburriendo. Me conservé silencioso por algunos segundos. Si colgaba el teléfono, estaba aburrido, pero si intentaba hablarme, estaba interesado.

Después de unos minutos incómodos, me dijo, "Bruce, ¿sigues ahí?"

Mientras me quedaba dormido, el teléfono comenzó a deslizarse de mi mano. Su voz me levantó. "Sí, estoy aquí. Perdóname, estoy muy cansado, y me estoy quedando dormido."

Se rió por un momento hasta que capturó su respiración, y me dijo, "Me gustas mucho, Bruce. ¿Qué tal si mañana vamos a comer al restaurante familiar en la playa? Yo puedo pagar."

Me sorprendí mucho. No podía creer que me estaba invitando a salir. Mi mundo ya no se sentía solo, y frío. En ese momento, me di cuenta que por la ansiedad, se me había olvidado contestarle a Chris. No quería sonar muy impaciente. Aparenté que tenía que pensar en la propuesta. Aunque honestamente, me podía haber preguntado que hiciera algo totalmente loco, y hubiese aceptado.

"Sí, está bien. Iré contigo." le contesté.

Escuché cuando Chris casi dejó caer el teléfono del entusiasmo. Agarrándolo, respiró profundo, y me dijo, "Perfecto, nos vemos mañana. Buenas noches."

"Buenas noches, Chris."

CHRISTOPHER A. FIGUEROA

Colgué el teléfono cuidadosamente. Era tarde en la noche, y mi garganta estaba seca. Bajé por las escaleras para tomar un vaso con agua. Mi felicidad duró muy poco. Mientras daba unos pasos por las escaleras, vi a mi madre bebiéndose nuestro enjuagador bucal. Se le había acabado el alcohol, y la llevó a tomar medidas drásticas. Era tan triste ver en quien mi madre se había convertido.

Julio 11, de 2007, tuve mi primera cita. Estaba tan ansioso que casi no me podía poner mi ropa. Mientras caminaba hacia la playa, no podía borrar su hermoso rostro de mi mente. Nos habíamos conocido en un momento totalmente espontaneo, pero se sentía correcto. Estaba lleno de optimismo. Sólo esperaba que nuestra relación no terminara como todas las relaciones en mi vida; dolorosas, y decepcionantes.

Mientras paseaba por la playa para ir al restaurante, Chris caminó hacia mí, y me dijo, "Hola, Bruce"

Con una voz gentil, le contesté, "Hola, Chris"

Entramos por la puerta del restaurante, y me puse nervioso. Mientras la puerta cerraba, el carrillón de viento emitió un sonido muy calmante. Dimos dos pasos hacia delante, y una mesera camino hacia nosotros. Sonrió, y nos dijo, "Bienvenidos al Blue Shore Diner, siéntense donde gusten, y estaré con ustedes lo más rápido posible."

Nos miramos el uno a otro tratando de averiguar dónde sentarnos. Como no pudimos decidirnos, nos sentamos en la primera mesa vacía que vimos. Al mismo tiempo que nos sentamos en posiciones opuestas de la mesa, la mesera nos entregó el menú. Como él estaba pagando, no quería parecer egoísta. Lo dejé pedir primero. Él miro su menú. Después de unos segundos, lo puso en la mesa, y pidió unas papas fritas, y una batida de vainilla. Queriendo parecer simple, pedí lo mismo.

AFLICCIÓN DE ROSA

Después de unos momentos de silencio, Chris rompió el hielo. Con su sonrisa adorable, me dijo, "Bruce, ¿cómo fue tu niñez?"

Tomando unos segundos, suspiré, y le contesté, "Complicada,"

Lo noté muy interesado, pero preocupado a la vez, cuando preguntó, "¿Complicado, cómo?"

En ese momento, no sabía si decirle mi vida entera a un extraño, o sólo explicar las partes relevantes. En otras palabras, todo. ¿Qué le podía decir? ¿Qué sucedería si le decía que soy gay, y me rechazaba? Tal vez me golpeaba. Estaba dejando que mis pensamientos tomaran control sobre mí, hasta que Chris me dijo, "Bruce, ¿estás bien?"

Levanté mi mirada por un segundo, y noté que me estaba mirando directamente. Me sentí expuesto, pero estaba determinado a decirle la verdad. "Sí, estoy bien. Perdóname, pero es una historia muy larga. Creó que comenzaré por lo importante. Cuando niño, mi padre fue un borracho, y nos pegaba a mi madre, y a mí. Eventualmente, fue arrestado, y las cosas parecían que mejoraban. Poco después de esa situación, un sacerdote de mi escuela intentó violarme porque soy gay…"

En ese momento, me di cuenta que había dicho demasiado. Accidentalmente, se me resbaló, y le dije que era gay. Mi corazón saltó un latido, y mis dedos comenzaron a temblar mientras mi sistema nervioso jugaba con mis emociones. Alcé mi vista para mirarle, pero cuando subí mi cabeza, me besó. Me eché hacia atrás asombrado. En una voz muy alta, le dije, "¿Por qué hiciste eso?"

Con una sonrisa astuta, comenzó a reírse. "Bueno, eso fue por hablar demasiado, pero este es porque eres lindo."

CHRISTOPHER A. FIGUEROA

Me besó otra vez, pero esta vez, no me moví. Todo parecía como en cámara lenta. Casi como si el mundo se detenía sólo por ese beso tan especial. Sus labios eran tibios, y sabían a menta. Fue fantástico. Me pareció como si hubiese sido divinamente planeado. Ese fue mi primer beso, y no pudo haber sido mejor.

Nos besamos por unos segundos más, hasta que la mesera groseramente nos interrumpió. Caminó hacia nosotros, y nos dijo, "Oh, excúsenme. Perdonen por la interrupción, pero su comida está lista."

Nos miramos a los ojos, y nos reímos por un momento cuando realizamos que nos estábamos besando al frente de todos. Mientras la mesera se alejaba, le dije, "No se preocupe señorita. No hizo nada malo. Gracias por un gran servicio, y una buena comida." Sinceramente, no lo decía con sentido. De hecho, estaba molesto que nos interrumpió, pero no quería parecer un malcriado. Mientras comíamos nuestros platos, puse mis utensilios en la mesa, y le pregunté, "Chris, ¿ese fue tu primer beso?"

Se rio incómodamente, y casi se ahoga con una papa. Después de tomar un pequeño sorbo de su batida, me dijo, "Tristemente, sí. Perdóname si estabas buscando alguien más experimentado..."

Haciendo un sonido silenciador, lo interrumpí poniendo mi dedo encima de sus labios. Mientras movía mi dedo de sus labios, lo besé.

Cuando terminamos de besarnos, nos comimos nuestra comida. Chris puso el dinero en la mesa, y dejo una propina para la mesera. Nos paramos de la mesa, y caminamos hacia la puerta. Cuando la abrí, el sonido del carillón de viento me conmovió una vez más. Nunca olvidaré ese dulce sonido.

Chris me miró mientras dimos un paso hacia fuera, y noté que los dos pensamos en lo mismo. Teníamos que dar un paseo por

AFLICCIÓN DE ROSA

la playa. Nos agarramos de las manos, y caminamos por la playa lentamente. No queríamos que un día tan preciado se acabara.

Todo parecía perfecto. La playa estaba vacía, como si la hubiésemos reservado. El sol brillaba sobre nosotros como una luz de teatro. El sonido de las olas era muy relajante, y pacifico. Había un olor peculiar en el aire que no puedo describir.

Teníamos tanto en común. Por ejemplo, ambos fuimos rechazados por nuestra preferencia sexual. Su padre estaba desilusionado de él, y lo trataban como basura en la escuela. De igual forma, decidimos dejar el pasado en el pasado. Sólo teníamos que enfocarnos en nuestro futuro como pareja. No quería arruinar algo tan bello. Le hubiese dicho que lo amaba, pero sentía que era muy temprano.

Caminando cerca del agua, decidimos zambullirnos. Rápidamente, recordamos que ninguno de los dos trajo un traje de baño. Con toda nuestra ropa, brincamos al agua. Nuestros ojos se encontraron, y no pude evitar mirarlos.

"Gracias," me dijo Chris.

"¿Por?" le pregunté.

"Por un día tan increíble. Me aceptas por quien soy, y me haces sentir completo. Me siento feliz."

Me senté estupefacto. Nunca había escuchado palabras tan dulces en mi vida. Una lágrima fría corrió por mi mejilla, y me sentí sobrellevado por un deseo severo de besarlo.

Después de salirnos del agua, nos sentamos debajo de una palma. No recuerdo exactamente que me estaba diciendo porque me perdí en su belleza. Después de unos segundos, me preguntó, "Oye, Bruce, ¿crees en el destino?"

CHRISTOPHER A. FIGUEROA

Pensé en mi respuesta. "No," le dije firmemente, "nosotros decidimos qué hacemos con nuestras vidas."

"Bueno, no me importa si fue el destino, o decisión propia. Sólo estoy muy feliz que nos conocimos."

Cuando él dejó de hablar, lo miré, y lo besé. Nos paramos de la arena, y miramos al cielo. Noté que el sol se había dormido, la noche había llegado para protegernos bajo su capa obscura. Creo que la playa era lo único bueno de Sundry Acres. El cielo no estaba contaminado de luces. Se podían observar millones de estrellas brillantes, iluminando el cielo.

Nuestros ojos se disiparon en la belleza de las estrellas, hasta que notamos que el tiempo se había escapado como un fugitivo. Eran las once de la noche. Le dije mis adiós, pero Chris tenía otros planes. Quería acompañarme a mi casa.

No pensé que era mala idea, mas no me sentía seguro caminando a mi casa solo. Es un poco gracioso como yo me sentía más seguro con Chris. Él era más pequeño que yo. Mi casa no estaba muy lejos de la playa, así que caminamos lentamente. Me molesté mucho porque no nos tomó mucho tiempo en llegar a mi hogar. No quería que ese día perfecto se acabara.

"Chris, es muy tarde. Debes irte a tu casa." le dije.

Me sonrió, y me dijo, "Gracias por un día tan asombroso. Quiero seguir viéndote. Buenas noches."

Le devolví la sonrisa, y un repentino sentimiento de felicidad me emocionó. Suavemente con mi mano, agarré la parte izquierda de su rostro, y le dije, "No, Chris, gracias a ti. Nunca me había sentido así hacia alguien. No te preocupes mucho acerca de verme otra vez. Estoy seguro que eso seguirá sucediendo."

AFLICCIÓN DE ROSA

Le di un beso de buenas noches, y me despedí una vez más. De la emoción, pensé que no podría dormir esa noche. Cuando estaba cerca de Chris, actuaba nervioso, y mi estómago resonaba. No teníamos secretos entre nosotros. Sin él, estaba incompleto.

Me paré afuera de mi casa por unos minutos después que dijimos adiós. Tenía que verlo salir de mi vecindario seguramente. Mientras miraba como el hambre de la noche lo consumía, un pequeño sentimiento de seguridad me acarició cuando lo vi salir a salvo. De alguna forma, me sentí en paz. Cerré mis ojos, y respiré profundamente para relajar mi mente de todos los pensamientos que la bombardeaban.

Saqué mis llaves de mi bolsillo, y abrí la puerta. Poco después de haber dado el primer movimiento adentro, mi nariz fue invadida por un severo olor de alcohol. Mientras caminé hacia la cocina, escuché un murmullo indescifrable. Arrojé mis llaves al suelo en shock. Mi madre estaba tirada en el suelo, rogando por un simple suspiro. Dentro de un estado de pánico, no sabía qué hacer. Mi celebró prendió, y mi primera reacción fue correr hacia mi madre. Intentando despertarla, la agité fuertemente, pero no respondía. "¡Mamá, despierta! ¡Mamá, háblame!" le grité varias veces.

Mientras ella estaba inconsciente en el suelo, corrí al teléfono, y llame al 911. Subí el teléfono a mi oreja, y el sonido refrescó todas las memorias de mi pasado. Seguía escuchando la voz de mi padre gritándome repetidamente.

"Esto no es tu problema. Lárgate de aquí antes que te parta la cara"

"¡Los dos están muertos! ¡Les juro por Dios, que los voy a matar a los dos cuando les ponga mis manos encima!"

"Ven acá puta..." La voz de mi padre paró de repetirse, cuando la operadora respondió la otra línea, "911, ¿Cuál es su emergencia?"

CHRISTOPHER A. FIGUEROA

Con mis manos temblorosas, agarré el teléfono fuertemente, y dije, "Mi nombre es Bruce Williams, vivo en Sundry Acres, casa G-11. Envíen una ambulancia ahora, por favor. Mi madre está en el suelo, y no responde."

"Está bien caballero, ¿podría verificar algo por mi?"

Respiré profundo para calmarme, y le dije, "¡Sí, sólo dígame qué es!"

"Si, caballero, valla a su madre, y chequee si esta respirando."

Reposé el teléfono sobre la mesa, y corrí hacia mi madre. Lleno de miedo, y preocupación, puse mi cabeza sobre su boca. No podía sentir ningún tipo de aire. Me apresuré hacia la mesa, y agarré el teléfono una vez más. Intenté hablar, pero las palabras no salían. Mientras forcejeaba con mi mente para hablar, podía ver a mi madre muriendo en el suelo. Finalmente, abrí mi boca, y le grité, "No, no está respirando."

"¿Sabe como suplir respiración emergente?"

"¡Sí!" le grité.

"Muy bien, caballero, mantenga la calma. Vaya, y ayude a su madre. La ambulancia está en camino. Me voy a quedar en línea hasta que lleguen"

Arrojé el teléfono, y fui a donde mi madre. Con mis dos manos agarradas, apreté su pecho repetidamente. Intentaba suplir aire a su cuerpo, pero era muy difícil. Seguía repitiéndole desesperadamente, "Mamá, por favor, no te mueras. ¡Eres todo lo que tengo! ¡No me abandones! ¡Maldita sea, respira!"

Lagrimas llovían de mis ojos mientras veía a mi madre morir lentamente. Mis acciones eran inútiles. Estaba perdiendo mis esperanzas, hasta que sus ojos se abrieron grandemente.

AFLICCIÓN DE ROSA

Comenzó a toser. Escuché la ambulancia llegar a mi casa. Justo como en las películas, los paramédicos entraron por la puerta principal, y arrojaron a mi madre a la camilla. Uno de los paramédicos, se dirigió hacia mí con una voz muy agitada, "¿Le hiciste algo? ¿La viste beber o tomarse algo?"

Rápidamente reaccioné, y le respondí, "No, cuando llegué, ya estaba así. Llamé al 911, y cómo no respiraba, suministré respiración emergente."

El paramédico me dio una palmada en la espalda, y sonrió al decirme, "Buen trabajo, chico. Hiciste bien."

Los paramédicos se alejaron, y recordé que la operadora todavía estaba al teléfono. Ajorado, busqué donde había caído el teléfono cuando lo arrojé. Lo encontré en la cocina. Agarrándolo, le dije a la operadora, "¿Hola? ¿Sigue ahí señorita?"

La mujer al otro lado del teléfono dijo, "Si, estoy aquí. ¿Está bien tu madre?"

No podía comprender cómo una persona podía estar tan preocupada sobre alguien que no conocía. Pero creo que todavía queda cierta cantidad de esperanza para este mundo. Los pensamientos aleatorios se detuvieron, y le respondí, "Si, los paramédicos llegaron. Gracias por todo. Sin usted, estuviese perdido."

Podía escuchar la felicidad en su voz cuando me dijo, "No hay de qué. Es parte de mi trabajo."

Los paramédicos salieron del cuarto con mi madre en la camilla. La levantaron a la ambulancia, y me senté a su lado. Intenté lo mejor que pude para no pensar en cosas negativas. La situación no se veía muy brillante. El conductor encendió las sirenas, y mis memorias comenzaron a repetirse otra vez. Reviví todas las memorias de aquella noche en la que mi padre nos pegó a mi madre, y a mí, y tuvimos que ser transportados al hospital. El paramédico me golpeó suavemente en el brazo para despertarme. Habíamos llegado al hospital. Durante todo el revolú de mi madre, me recordé que no había llamado a Chris. Eso tendría que esperar. Algunas cosas venían primero…

Sacaron la camilla de la ambulancia, y avanzaron por la sala de emergencia. Intenté lo mejor posible para mantenerme a la par con los empleados mientras corrían con mi madre por los pasillos. Cuando llegamos al ala intensiva, me mandaron a esperar en la sala principal. La situación estaba fuera de mis manos. No tenía nada más que hacer… Me veía obligado a dejar que el tiempo corriera su causa, aunque odiara hacerlo.

AFLICCIÓN DE ROSA

5 CALMA DESPUÉS DE LA TORMENTA

Julio 12, de 2007, me senté en la sala de espera del hospital preocupado. Recordé que no había llamado a Chris, así que salí afuera por un momento. Mientras rebuscaba mi bolsillo por un poco de cambio para el teléfono público, comencé a pensar en mi madre. ¿Estaría bien? ¿Podría morir por esto? ¿Me quedaría solo? La preocupación tomó control sobre mí, pero no me detuvo de marcar el número de Chris. Después de unas tonadas, escuché una voz muy cansada decirme de la otra línea, "¿Hola?"

Contesté casi instantáneamente con una voz muy desesperada, "¡Hola! Chris, soy yo, Bruce. Perdona que te llame tan tarde, es que mi madre está en el hospital, y no quiero estar solo…"

Rápidamente me interrumpió, y me dijo, ¿Cuál hospital?"

No había visto el letrero del hospital cuando entré con los paramédicos. Miré hacia arriba, y vi unas letras rojas gigantescas. "Estamos en el Saint Peter Hospital."

Su voz cambió de cansancio a preocupación, y agitación. "Ok, tomaré un taxi. Estaré allí en unos minutos."

CHRISTOPHER A. FIGUEROA

Colgué el teléfono. Intentando mantener la calma, caminé adentro del hospital. Sentado en las sillas de la sala de espera, no pude evitar que mi mirada se pegara al reloj. El tiempo parecía que se detenía, como si estuviese congelado. Poco tiempo después, se abrieron las puertas del hospital, y Chris corrió hacia donde mí.

Respirando pesado, me dijo, "Bruce, ¿qué sucedió con tu mamá? ¿Cómo estás? ¿Estás bien? ¿Qué pasó?"

Cañoneado de preguntas, me quedé sin palabras por unos segundos. "No sé qué pasó." le dije. "Después que nos despedimos, entré a mi casa, y ella estaba tirada en el piso. Pensé que estaba borracha como todas las noches, pero esta vez parecía serio. Llamé al 911, y ellos nos trajeron aquí. La entraron a la sala intensiva, y no la he visto desde entonces."

Chris suspiró, y se sentó al lado mío. Podía ver en su rostro que se sentía culpable por algo. Como no podía descifrar qué, le pregunté, "Chris, ¿te molesta algo?"

Me miró a los ojos, y me dijo, "Bruce, perdona que me fui tan temprano. Me pude haber quedado, y tal vez te ayudaba de alguna forma."

Lo interrumpí antes de que pudiera decir más. Le di un beso, y le dije, "Gracias, pero el hecho de que estás aquí ahora, significa mucho más que si hubieses estado allá antes. No podíamos hacer nada. Ya el cristal estaba roto."

Se sonrío conmigo, y me dio un abrazo muy fuerte. De repente, el hospital comenzó a oler a alcohol. No sabía de dónde venía dicho olor. El olor fue tan fuerte, que la respiración era casi imposible. Provocó demasiadas memorias antiguas.

Las memorias comenzaron a repetirse en mi cabeza hasta que un doctor entró a la sala, y dijo, "¿Bruce Williams?"

AFLICCIÓN DE ROSA

Me paré de mi silla, y dije, "¿Sí?"

Con una cara seria, me miró, y me dijo, "Hola, soy el Dr. White. Tu madre sufrió una sobredosis de alcohol. Le lavamos el estómago para prevenir consecuencias más severas."

Cabeceé en aprobación, pero no pude evitar el impulso de preguntarle al médico, si esa era la procedencia del olor a barra en el hospital.

El doctor se rió, y me contestó, "Si… Hiciste un buen trabajo dándole respiración de emergencia. Le salvaste la vida."

Abrumado por emociones de felicidad, y alivio, no pude evitar que una sonrisa se posara en mi cara. El doctor me miró, y me dijo, "Tu madre se tendrá que quedar por una semana, mínimo. Tenemos que monitorear su estado. Hay un riesgo muy alto de que se repita la situación. Tenemos que tener mucho cuidado. También hay una posibilidad que esto fue un intento de suicidio. No sabremos nada hasta que pueda hablar. Sólo tenemos que dejar que el tiempo pase."

Después de unos segundos silenciosos, el doctor puso su mano en mi hombro, y preguntó, "¿Tienes donde quedarte por un tiempito?"

Mientras estaba sentado en la silla, comencé a pensar en la contestación. Poco después, me di cuenta que estaba solo. Si le decía eso al médico, me hubiese mandado a un orfanato en lo que mi madre se recuperaba. Como no quería que eso sucediera, le dije, "Sí, voy para casa de Chris. Él es mi hermano."

El doctor nos miró como si estuviese buscando un parecido. Su cara cambiaba de expresiones en perplejo. Alzó sus hombros como si no le importara, y dijo, "Está bien, pero de igual forma necesito que llenes esta información básica. Sé que eres sólo un joven, y no sabes la mayoría de la información que pregunta, pero sólo llena lo que sepas. Sólo necesitamos información básica hasta que tu madre se levante."

Respiré fuertemente en frustración, y agarré el portapapeles. Comencé a llenar la información requerida. Todo desde nombre, fecha de nacimiento, raza, sexo, etc. Cuando llegué a la información personal, olvidando que iba para casa de Chris, escribí mi dirección.

Lo miré, y le dije, "Chris, accidentalmente escribí mi dirección, y mi número. ¿Qué sucederá si me intentan contactar ahí?"

Me miró con una sonrisa misteriosa, y me dijo, "Creo que me quedaré algunos días en tu casa."

Cuando terminé de escribir la información que sabía, le entregué los papeles a la secretaria, y agarré la mano de Chris. Nos paramos de nuestras sillas, y caminamos fuera de las puertas del hospital.

De una manera callada, e incómoda, comenzamos a caminar a mi casa. Nada podía empeorar esa noche. Caminos por veinte minutos, hasta que nuestros cuerpos estaban demasiado cansados como para continuar. Una estación de gasolina se convirtió en nuestra última esperanza. Caminamos hacia ella, y llamamos un taxi con un teléfono público.

Colgando el teléfono, nos dimos vuelta, y caminamos adentro de la gasolinera. No queríamos capturar la atención de alguien tan tarde en la noche. El lugar estaba desértico, no había música, ni sonido; ni si quiera un ratón. Una esencia de miedo emanaba de las entrañas de ese lugar. Era tan misterioso, y horripilante, que decidimos salirnos de ahí lo más rápido posible. Poco después, el taxi llegó, y nos fuimos.

AFLICCIÓN DE ROSA

Dentro de unos minutos, llegamos a mi casa. No pudimos haber estado más felices. La carretera estaba clara. Era demasiado tarde en la noche como para que hubiese tráfico. Chris le dio al conductor veinte dólares, y le dijo que se quedara con el cambio.

Para entonces, había comenzado a pensar en mi madre, y cómo su situación afectaría nuestras vidas. Por ejemplo, si se quedaba en el hospital por mucho tiempo, ¿cómo podría pagar nuestros gastos? Eventualmente me quedaría sin comida. Me quedé parado al frente de mi puerta por un minuto. Chris me hamaqueó, y me dijo, "¡Oye, Bruce! ¿Tienes tus llaves?"

Respiré suavemente, y le contesté, "No te preocupes, la casa está abierta. Estuve tan ocupado con los paramédicos, que se me olvido cerrarla."

Miré a Chris, y le di una sonrisa postiza. No quería traerlo adentro de mi casa. Había un reguero increíble. Mientras caminamos por la puerta de al frente, sentí como mi dignidad se caía al suelo, y huía de la vergüenza que venía próximamente. No podíamos dar un paso sin chocar con una lata de cerveza. Exhalé lentamente, y le dije a Chris con una voz entristecida, "Te pido mil disculpas por esto. No te imaginas cuán humillante es para mí."

Él estaba mirando fijamente al suelo cuando me dijo, "Bueno... Tengo que admitir que estoy un poco disgustado, pero es entendible. Considerando todas las cosas por las que han pasado ustedes."

Le di un apretón a su mano, y le besé la mejilla. Dimos unos pasos más adentro mi casa. Mientras me cambiaba de ropa, no podía pensar en nada más, que en mi madre en el hospital. Bajé las escaleras para encontrarme con Chris. Lo encontré mirando el suelo una vez más. Sabía que él estaba muy incómodo dentro de mi hogar. En una voz apologética, le dije, "Chris, ¿quieres dormir en mi cuarto? Yo puedo dormir en otro lugar."

CHRISTOPHER A. FIGUEROA

Chris me miró sonriente, y me dijo, "Eso sería bueno. Sin ofender, pero tu casa me deprime."

Me reí fuertemente, y cabeceé en aprobación. Chris subió las escaleras, y entró al baño para ducharse. Unos minutos después, decidimos irnos a dormir. Eran casi las dos de la madrugada.

Me sentía tan solo sin mi madre en la casa. No quería dormir en su cuarto, porque eso sólo incrementaría mi preocupación. Decidí esperar a que Chris se durmiera para entrar a mi cuarto. Mi cama era suficientemente grande como para los dos. Secretamente, entré por la puerta de mi cuarto, lo besé en el cuello, y me dormí con mis brazos amarrados alrededor de su pecho.

Esa mañana, abrí mis ojos, y noté que Chris no estaba acostado conmigo. Subí mi mirada para ver el reloj, eran las once de la mañana. Me paré de la cama, y me di una ducha fría. Después de haberme puesto ropa fresca, bajé por las escaleras. Cuando estaba a punto de bajar el último escalón, súbitamente noté que no fui arropado por el olor a alcohol. Podía ver el suelo, y no un río de latas vacías.

Para despertarme de mi sorpresa, Chris apareció de la cocina, y me dijo, "Hola, Bruce. ¿Te gusta lo que hice con el lugar?"

Estaba mudo. No sabía si abrazarlo, besarlo, o pagarle. Mi cerebro intentaba pelear el atontamiento de la situación. Era demasiado inmenso. Respiré profundamente, y dije, "Gracias. No sé qué más puedo decirte. ¿Por qué hiciste esto?"

Chris sonrío grandemente, y me miró a los ojos cuando dijo, "Me levanté muy temprano sin algo que hacer. No quería que tu madre volviera a su hogar en el mismo estado. Queremos que mejore, no que empeore."

AFLICCIÓN DE ROSA

Todavía no podía creer que alguien, que apenas había conocido, estaba tan preocupado por mi madre. Mis ojos se aguaron mientras le daba un abrazo muy fuerte, para demostrar mi apreciación.

"Vamos, nos ciné desayuno. Estaba esperando a que te levantaras para que pudiésemos comer. Sígueme."

Cuando él estaba entrando a la cocina, lo detuve, y le dije, "Chris,"

Se volteó para mirarme, y me dijo, "¿Sí?"

Sonreí muy alegremente, y le dije, "Te amo."

Cientos de pensamientos corrieron por mi cabeza al decir esas palabras. Apenas lo conocía, pero por alguna razón, se sentía bien. Él no sólo era mi novio, era también mi mejor amigo.

Un poco sonrojado, él me devolvió la sonrisa, y me dijo, "Yo también te amo."

Caminé hacia él, y lo besé. Entramos a la cocina, e iniciamos a comer la deliciosa comida que él había preparado. Mientras comíamos, el teléfono sonó. Brinqué alarmado. Reposé mi tenedor encima de la mesa, y caminé hacia el teléfono. Lo agarré nerviosamente, y dije, "¿Hola?"

"Hola, ¿acaso es Bruce Williams?"

"Sí," le contesté, "¿Quién es?"

"Hola, Bruce. Soy el Dr. White. Estoy muy feliz de informarte que tu madre se levantó, y está preguntando por ti."

La alegría corrió dentro de mí al escuchar esas palabras. Colgué el teléfono, y me apresuré al hospital. Tuvimos que tomar otro taxi, pero no teníamos otra opción. Cuando nos estábamos acercando al hospital, mis manos comenzaron a temblar de la emoción. Estaba tan conmovido por la impresión que no podía concentrarme.

Rápidamente entré por la puerta principal del hospital, y estaba tan emocionado, que no podía encontrar las palabras correctas para comunicarme con la secretaria. Chris entró poco después que yo, y me pellizcó el brazo. Miré a la mujer, y le dije, "¿Me podría dar el número de cuarto de Miriam Williams, por favor?"

"Cuarto A-12" me contestó.

Sonreí, y le di las gracias cuando me alejaba. Comenzamos a correr hacia el cuarto de mi madre. Los latidos de mi corazón incrementaron su velocidad cuando nos acercábamos. Cuando llegamos a la puerta de cristal, la abrí, y entré a la habitación lentamente. Le dije a Chris que se quedara afuera, no quería asustar a mi madre.

"¡Mamá, te despertaste!" le grité.

"¡Bruce! ¡Te extrañé!" me contestó.

"Yo también, mamá. ¿Cómo te sientes?"

Con una voz muy dulce, y una lágrima bajando por su mejilla, me dijo, "Estoy mejor. Me dijeron lo que hiciste, quiero darte las gracias."

"No te preocupes, mamá. Era lo menos que podía hacer. Te amo."

Mi madre sonrío por un momento, y recordé que Chris estaba afuera. "Mamá, hay alguien afuera que quiero presentarte."

AFLICCIÓN DE ROSA

Agarré la puerta de cristal, y la abrí lentamente para estirar el tiempo. Chris entró al cuarto muy calladamente con una sonrisa de oreja a oreja. Caminó hasta mi lado, y puso su brazo alrededor de mi hombro. "Mamá, este es mi novio, Chris. Chris, esta es mi madre, Miriam."

Podía ver en los ojos de mi madre la cantidad de alegría que entró en su cuerpo. Mi madre puso sus manos sobre su boca, y comenzó a llorar. Después de haber procesado la situación, ella dijo, "Gracias a Dios que encontraste a alguien. Mi bebé, finalmente es feliz. Estaba esperando este momento por tanto tiempo. Sabes, cuando casi me muero, me di cuenta que tenía que hacer un cambio. Y voy a dejar de beber alcohol, porque te amo, Bruce. Bienvenido a la familia, Chris." Ella extendió sus brazos, y abrazó a Chris muy fuertemente.

"Gracias, Srta. Williams." Chris dijo.

"Por favor, llámame Miriam." Mi madre le dijo con una sonrisa. "Bueno, el Dr. White me había dicho que tengo que ir a una casa de rehabilitación, pero estaba insegura acerca de mi decisión. Hasta ahora. Te amo Bruce, y todo lo que quiero es que seas feliz."

Después que las horas de visita se acabaron, Chris, y yo, caminamos a mi casa. Empaqué mis cosas para mudarme a casa de Chris por un tiempo. Mi madre iba a ir a una casa de rehabilitación por algunos meses, y la escuela superior comenzaría prontamente. Por la primera vez en mucho, estaba feliz. El tiempo estaba en mi lado, y todo lo que tenía que hacer, era esperar.

CHRISTOPHER A. FIGUEROA

6 UN NUEVO MUNDO

Julio 13, de 2007, empaqué todas mis cosas para mudarme con la mamá de Chris. Ir de Sundry Acres, a Marblevill Gardens, fue un cambio drástico. Fue como descubrir un mundo nuevo. Como una maldita plaga, el racismo y la discriminación se esparcieron por las ciudades de Texas, y no había nada que nadie pudiese hacer para evitarlo. Las apariencias engañan. La gente aparentaba ser feliz, pero no importaba quienes eran, no podían esconder sus verdaderos sentimientos.

Durante todo el camino a su casa, podíamos ver a las personas sonriendo, y saludando, pero después de años de experiencia, yo sabía cómo identificar emociones falsas. Mi madre, y yo éramos expertos en el arte de la decepción. Escondíamos nuestras heridas, y sonreíamos, para que el público no supiera lo que sucedía detrás de las puertas cerradas. Aunque sabía que el tratamiento de la sociedad no cambiaría, una pequeña cantidad de esperanza llenó mi mente cuando entré a esa linda ciudad.

Su casa era muy bonita. Tenía dos pisos, con cuatro cuartos, dos baños, una sala muy espaciosa, un cuarto familiar, y un patio trasero muy grande. Era un poco obvio que la madre de Chris no

AFLICCIÓN DE ROSA

tenía problemas con el dinero. No parecían ricos, pero ella era doctora, así que tenían dinero para sobrevivir.

Su madre era muy amable, y hospitalaria. Me aceptó a la familia como si fuese su hijo perdido. Cuando Chris me introdujo a ella como su novio, me abrazó tan fuerte que no podía respirar. Su familia era muy diferente a la mía. Los dos teníamos ciertos problemas con nuestros padres, pero su situación era diferente. Él no les pegaba, y su madre era una doctora. Ella no bebe, ni hace drogas, y Chris me comentaba que era tremenda madre.

Pero eso es suficiente acerca de Chris, y nuestras vidas. Es tiempo de ir al punto de este capítulo, la escuela superior. Septiembre 3, de 2007, esa mañana íbamos a tener nuestro primer día de secundaria, y estábamos muy ansiosos. Tan pronto que terminamos de comer nuestro desayuno, nos ajoramos al carro para llegar temprano. Llegamos a la escuela, y nos salimos del carro rápidamente. Estábamos tan excitados por la nueva experiencia, que no podíamos esperar más. Agarré la mano de Chris apretadamente, y me puse nervioso. Mis manos temblaban levemente, y el tiempo parecía suavizarse.

Estábamos a punto de subir el último escalón al frente de la escuela, mirando a Chris, todo parecía que se derretía. Estaba relajado, y listo para cualquier cosa que nos esperaba. Me detuve con Chris al frente de las puertas por un momento. Poco después, me tocó con su codo en el lado izquierdo de mi barriga. Lo miré, y me reí. Abrimos las puertas y entramos. Nuestra risa fue arropada por fastidio tan pronto que dimos un paso adentro de la escuela.

Casi podíamos respirar la hastía en el aire, cuando todos los estudiantes nos miraron fijamente como si estuviésemos en un zoológico. Poco tiempo después, noté que nos miraban porque estábamos agarrados de manos. Honestamente, mientras no dijeran nada, no me molestaba que me miraran Estaba acostumbrado. Mientras caminábamos por los pasillos de la escuela, podíamos escuchar a la gente cuchicheando muy suavemente, insultándonos.

Caminamos hasta el final de los pasillos, y vimos un pequeño jardín, donde asumo que la gente comía en el almuerzo. Nos sentamos debajo de la sombra de un árbol, y nuestros cuerpos se calmaron. Una brisa tibia disimuladamente acarició nuestros cuerpos, y por un momento, nos sentimos relajados.

Nuestra relajación fue abruptamente detenida cuando el timbre sonó. Mientras miramos nuestros programas de clases, notamos que estábamos en diferentes salones. Le di un beso antes de agarrar mis libros, y caminar a mi salón. Miré mi programa de clases una vez más, y vi que mi primera clase del día era historia. Suspiré, y lleno de aburrimiento, me dirigí hacia el salón 110.

Una vez más, entré al salón, y todos me miraron. Me sentí desnudo, y frágil. No quería dejar que me afectara, así que caminé a la primera silla vacía cercana a mí. La clase comenzó como todos los primeros días de escuela. La maestra se introdujo, y nos hizo decir nuestros nombres.

En esa escuela superior, los programas de clases eran diferentes. Ellos alternaban cuatro clases cada día. Por ejemplo, mi programa de clases los lunes, era, historia, religión, matemáticas, ciencia, y los martes era español, manualidades, gimnasio, e inglés. Luego se cambiaban los días en el mismo orden subsecuente. Ese orden de clases no era muy difícil en los estudiantes. Les daba un día completo para hacer asignaciones antes de tomar la misma clase otra vez.

La mayoría del abuso escolar no venía de los maestros, ni los estudiantes, sino de los graduandos. Ellos pensaban que eran dueños de la escuela sólo porque eran graduandos. Pero tengo que admitir, ellos mayormente abusaban de todos por igual, por lo menos en el comienzo.

AFLICCIÓN DE ROSA

Me recuerdo que todo estaba yendo bien hasta el almuerzo. Ambos compramos nuestra comida de la cafetería, y nos sentamos juntos en una mesa. "¿Cómo está yendo tu día, Chris?" pregunté después de tomar un sorbo de mi agua.

"Por ahora nada mal. Los maestros son amables, y nadie ha sido cruel hacia mí."

Sonreí, y le dije, "Que bien."

Cuando comenzamos a comer nuestra comida, hablamos acerca de las personas que conocimos. Mi felicidad fue ligeramente tirada por la ventana cuando sentí un objeto desconocido golpearme en el centro del pecho. Cuando miré hacia abajo, vi la gigantesca mancha que yacía de mi camisa rosa favorita. En un intento para mantenerme calmado, me levanté de mi silla como si nada hubiese pasado, y le dije a Chris, "Vuelvo pronto. Voy al baño."

Me aparté calmadamente para no explotar de rabia en el primer día de escuela. Tan pronto que entré al baño, sentí un mal olor. La escuela no llevaba ni cinco horas abierta, y el baño de los hombres ya olía a muerto podrido. Perdí el control de mi boca, y dije en voz alta, "Los jóvenes son tan asquerosos."

De manera inesperada, escuché uno de los cubículos abrirse. Percibí movimiento cuando un estudiante graduando se paró al lado mío. Lo miré por unos segundos, y él no parecía feliz de verme. Ignorando su presencia, lavé mi camisa persistentemente.

Estaba casi a punto de irme, cuando me dijo, "Te vi entrando por la puerta en la mañana. Tengo que admitir que fue un acto de valentía."

Me sentí intimidado. Hice lo mejor que pude para terminar rápido, y comencé a secarme las manos. No quise establecer contacto visual. Todo iba perfecto hasta que se rió sarcásticamente, y me dijo, "Sólo quiero decirte que no tratamos a maricones como tú de buena forma. No eres bienvenido a nuestra escuela. Te prometo que pronto te arrepentirás de haber venido aquí."

Paró de hablar, y comenzó a caminar hacia la puerta. Espontáneamente, suspiró, y se volteó violentamente. Agarró la parte de atrás de mi cabeza, y no pude evitar cerrar mis ojos. Antes de abrirlos, un punzante, y terrible dolor se esparció por mi frente.

Me despegué del espejo, y me vi ensangrentado. Apliqué presión en la herida con papel sanitario, y caminé fuera de ese horrible baño. No podía creer que en el primer día de escuela tenía que ir a la enfermera. Podía sentir el dolor pulsando de mi herida. Los pedazos del espejo incrustados en mi frente hacían el detenimiento del sangrado una misión imposible.

Entré a la enfermería, y la enfermera me miró boquiabierta. "Dios mío, ¿qué te sucedió?"

Desquitándome con ella, le grité, "Me caí en el baño, y rompí el espejo."

Aplicando una gaza empapada en alcohol, propagó el dolor por toda mi cabeza.

"Mierda," dije rápidamente. Miré hacia mi lado, y noté que era una monja. "Perdóneme dama, no debí haber dicho eso."

Se sonrío, y continuó limpiando mi herida.

"Tienes suerte," me dijo, "la herida pudo haber sido mucho peor. No necesitas puntos, pero tengo que extraer esos pedazos de cristal de tu cabeza. Sólo aguanta un segundo. Casi terminamos."

AFLICCIÓN DE ROSA

Agarró un plato redondo con agua para limpiar la gaza, y terminó de limpiar mi herida. Con un par de pinzas, comenzó a sacar los pedazos de vidrio encajados en mi cabeza. El dolor comenzó a empeorarse mientras peleaba con el deseo de gritar.

Las clases ya habían comenzado cuando salí de su oficina, así que me dio un pase para poder entrar. Entré al salón, y la gente me miró una vez más. Pero esta vez no fue porque era gay, sino porque tenía una lesión sangrienta en la parte superior de mi cabeza. Me senté en mi silla calmadamente, pero en el fondo, lo que quería hacer era asesinar a ese maldito graduando.

Ese día completo se fue igual. Burlas, y abusos de los graduandos en los pasillos, y clases aburridas en los salones. El timbre final tocó, y me sentí tan feliz que se había terminado. Me encontré con Chris en la entrada. Su madre nos iba a recoger, y no quería esperar más para irme a casa, y dejarlo todo en el pasado.

Cuando salimos fuera de la escuela, notamos un area techada en el patio. Decidimos sentarnos ahí para esperar a la mamá de Chris. "Bruce, ¿qué te sucedió?" me preguntó Chris preocupado.

"Un graduando me arrimó contra un espejo en el baño."

Chris se quedó pasmado por un momento. "¿Qué carajo? ¿Por qué?"

"Bueno, primero dijo que no éramos bienvenidos en su escuela. Nos vio entrar por la mañana, y no le gustó. Pero te digo desde ahora, no soy el mismo niño de mi infancia que aceptaba todo lo que le tiraban. Pronto, me levantaré por mis derechos. No me importa que sea graduando." le contesté con un tono molesto.

"Cálmate," me dijo Chris, "esa es la rabia hablando. No dejes que tu coraje tome control sobre ti. ¡Oye! ¡Mírame! ¡Por favor! Prométeme que no harás algo estúpido."

CHRISTOPHER A. FIGUEROA

Miré su cara, y podía notar que estaba muy preocupado. Honestamente, me asusté a mí mismo cuando dije esas palabras. Besé sus labios, y le dije, "No te preocupes amor, todo estará bien."

"Eso no es una promesa… Creo que es lo más cercano que llegaras a una." me dijo.

En la distancia, escuché a uno de los graduandos gritarnos, "Oigan maricones, no se besen en nuestra escuela. Me están dando ganas de vomitar. Diablos, ustedes son asquerosos."

Miré la procedencia de la voz para mirar quien lo dijo, y claro, era el mismo del baño. Sabía que me odiaba, así que no respondí. Me recuerdo que comenzó a caminar hacia nosotros como si quisiera hacernos algo, pero por suerte, la madre de Chris llegó en ese preciso momento. Nos paramos de la mesa, y entramos al carro. Cuando estábamos a punto de cerrar la puerta del vehículo, le grité al graduando mientras le saque el dedo, "¡Nos vemos mañana, hermano!"

Nos montamos adentro, y el graduando me miró a punto de estallar. No me importaba. Mientras nos sentábamos, la madre de Chris nos dijo, "Veo que ya hicieron amigos."

"Algo parecido." le respondí.

Fue un viaje a casa muy silencioso. La madre de Chris no dijo ni una palabra en toda la marcha. Nosotros estábamos en el asiento de atrás muy ocupados besándonos, y charlando en voz baja. Cuando llegamos a la casa, nos salimos del auto lentamente, y en ese momento, la madre de Chris me miró, y me dijo, "Bruce, ¿qué te pasó?"

Chris se metió en el medio para contestar, pero rudamente lo interrumpí, y contesté, "Me caí."

AFLICCIÓN DE ROSA

"Pobre niño, entra a la casa. Yo verifico tu herida para ver que esté todo bien."

No vi nada malo en su proposición, ella era una doctora. Ella caminó hacia dentro de la casa, y la seguí. Cuando estaba entrando, Chris me agarró por el brazo, y me dijo, "¿Por qué le mentiste a mi madre?"

Respiré mientras pensaba cuidadosamente en mi contestación. No le podía decir la verdad de que lo estaba pensando, la cual era que no le dije la verdad porque quiero hacerme cargo del graduando yo mismo. Después de unos momentos, respondí, "Porque si le decía la verdad de lo que sucedió, se hubiese preocupado, y hubiese hecho algún tipo de drama en la escuela. No quiero que tu mamá pase por tantos problemas. No te preocupes, todo saldrá bien."

El me miró aturdido sin más opción que creerme. Caminamos al baño donde su madre nos esperaba. Mientras entrabamos, su mamá nos dijo, "Dices que te caíste. ¿Cómo? ¿Te caíste por una ventana o algo parecido?"

Su pregunta me hizo reír tan fuertemente que me quedé sin aire. Respiré una vez más, y le dije, "Me resbalé en el baño, y no fue a una ventana, sino que a un espejo de baño."

Se rió por un segundo antes de decir, "Bueno, parece que la enfermera hizo un buen trabajo. Tu herida debe curarse rápidamente. Si tienes algún tipo de dolor, me llamas, y te ayudaré."

Comencé a pensar acerca de qué podía suceder si no le ponía un fin a lo que sucedía en la escuela. Pero no podía pensar de una forma de enseñarle a ese graduando su lección. No podía hacerle daño porque me expulsarían. No podía hablare porque él no era una persona racional. Mi cerebro no lo podía dejar ir. Lo pensé por mucho tiempo.

CHRISTOPHER A. FIGUEROA

Septiembre 10, de 2007, una semana se fue volando, y nada cambió. Los maestros comenzaron a darnos más trabajo para mantenernos ocupados, pero las clases seguían aburridas. El graduando seguía molestándonos todos los días. Ira comenzó a desarrollarse dentro de mí silenciosamente. Dentro de un tiempo, se desbordaría.

La escuela superior era un mundo completamente nuevo para mí. Me hacía sentir vulnerable, inseguro, y solo. Aunque Chris estaba conmigo para ayudarme, se sentía como si estuviese solo. El hecho de que éramos gay, no causaba amor, ni compañerismo de las personas que nos rodeaban.

Ese día después de clases, la mamá de Chris iba a estar tarde, porque estaba ocupada en el hospital con un paciente. Decidimos sentarnos en el área techada de la semana anterior. Siempre estaba vacía por alguna razón. Todo estaba perfecto, hasta que se apareció el graduando, y nos comenzó a molestar una vez más.

"Ah, mira quienes son. Los maricones del noveno grado. Me encanta pegarle a la carne fresca."

Chris me miró, y podía notar que estaba en pánico. Agarró mi mano muy fuertemente, y me dijo, "Bruce, vámonos de aquí. Yo no quiero problemas."

Le hice una seña indicando un sí, y comenzamos a caminar por la calle. El graduando comenzó a perseguirnos, y tengo que admitir que me dio miedo. Pensamos que nuestras vidas estaban en riesgo, y comenzamos a correr, intentando huir. De repente, Chris se detuvo, se volteó, y miró al graduando. En este punto, estaba suficientemente cerca como para leer su nombre en la camisa; era Jackson. Chris lo miró, y le dijo, "Escúchame, por favor, no queremos problemas. Déjanos en paz, no te molestaremos más."

AFLICCIÓN DE ROSA

Jackson se rió por un segundo. Comenzó a correr hacia Chris, y se paró frente a él. Con sus puños apretados, golpeó a Chris en el estómago repetidamente. Chris dejó salir un grito de dolor, y cayó al suelo. Jackson se paró al lado del, y lo pateó continuamente. En ese preciso momento, mi visión se puso roja. Mi cerebro me seguía trasladando a mi pasado, en esas noches en las que mi padre le pegaba a mi madre. Perdí el control sobre mis acciones, y vi un tubo de metal en el suelo. El abuso tenía que parar en algún momento. Tenía que poner fin a este infierno. Agarré fuertemente el tubo de metal en mi mano. Respirando profundamente, moví el tubo en mi mano como una raqueta de tenis. Le pegué en la cabeza, y como una explosión pirotécnica, sangre salió de su cabeza mientras caía al suelo. Sentía la adrenalina corriendo por mis venas.

Le seguí pegando con el tubo de metal, y no podía parar. Había perdido el control totalmente, y se sentía fantástico. Sentía como si fuese Dios castigando su creación, mientras me reía de su miseria. Después de varios golpes más, Chris agarró mis dos brazos, previniéndome pegarle más. Las horribles visiones de mi pasado se pararon cuando Chris me agitó fuertemente gritándome, "¡Bruce, para, por favor! ¡Lo matarás! ¡Te lo ruego! ¡Detente!"

Chris podía ver el monstruo dentro de mí. Mi ropa estaba cubierta en la sangre de Jackson, y el miedo tomó control sobre mi mente. Mi cuerpo se sentía fuerte por sólo unos segundos. Me sentía imparable. Tiré el tubo de metal a un lado, y me alejé de la situación. Jackson estaba gravemente herido, y no me importaba. Me hubiese gustado si se hubiese muerto. No sentía ningún tipo de arrepentimiento, ni culpa. Yo no era una persona agresiva, pero cuando vi violencia hecha hacia personas que amo, liberó la bestia dentro de mí.

Tenía dos personalidades en este punto de mi vida. Un animal incontrolable, que sólo podía salir cuando era provocado, y un adolescente homosexual, que no le haría daño ni a una mosca. No sabía qué hacer, ni qué pensar de la situación. Ni si quiera podía saber quien era yo. Mi pasado me moldeó en algo que no quería ser, y no tenia poder sobre mis acciones. Tenía que aprender cómo controlar mi coraje, o la próxima situación podía ser peor.

AFLICCIÓN DE ROSA

7 LAS ACCIONES TIENEN CONSECUENCIAS

La secuencia exacta de los eventos no es muy clara para mí. Estaba tan molesto que lo borré completamente de mi mente. Lo que si me recuerdo claramente, fue la expresión impactada de la madre de Chris. Ella no podía creer que yo era capaz de algo tan atroz, y degradante a mi reputación. Después de la situación, yo estaba inseguro del estado de Jackson. Tenía mucho miedo. No habíamos pedido ayuda, y huimos de la escena.

Septiembre 12, de 2007, la mamá de Chris me mantuvo en la casa por algunos días. Ella no quería que los graduandos se vengaran. En mi segundo día en casa, el teléfono sonó. Estaba solo. Chris estaba en la escuela, y su madre estaba en el hospital trabajando. Así que decidí contestar el teléfono.

"¿Hola?" contesté.

"¡Hola, Bruce! ¡Te extraño tanto, mi amor!"

Podía reconocer esa voz donde fuese. Arrollado por emoción, reconocí la voz de mi mamá, "¡Hola, mamá! Dios mío, yo también te extraño. ¿Cómo estás?"

CHRISTOPHER A. FIGUEROA

"Estoy bien, mi vida. ¿Cómo estás tú?"

"Todo está color de rosa, mamá."

Después de unos segundos silenciosos, mi madre preguntó, "Oiga, jovencito, ¿por qué no estás en la escuela?"

No podía decirle la verdad. Ella ya estaba bajo mucho estrés por su adicción. No quería que se preocupara. Me vi obligado a hacer algo que odiaba; mentirle a mi madre. "Oh… Hoy es un día festivo cristiano. No los dieron libre."

"Ah, ok. Espero que todo esté bien. Te amo mucho, Bruce. Me tengo que ir por ahora. Hay más personas que necesitan utilizar el teléfono, pero te hablaré pronto. Dile hola a Chris, y a su madre. Adiós."

Con una lágrima deslizándose por mi nariz, me despedí, y colgué el teléfono. Alrededor de treinta segundos después, sonó por segunda vez. Me levanté de mi silla, y caminé hacia él. Pensé que a mi mamá se le había olvidado decirme algo, y contesté, "Hola mamá, ¿olvidaste algo?"

"Buenos días, caballero. Te estamos llamando de la Saint Mary High School. ¿Con quién tengo el placer de hablar?"

"Soy Bruce Williams, dama." contesté un poco confundido.

"Sr. Williams, dígale a su madre que la directora quiere verlos a ambos mañana en su oficina, a las ocho de la mañana. Tenga buen día."

No dije ni una palabra, y enganché el teléfono. Miles de pensamientos cruzaron mi mente a la velocidad de la luz. Sentimientos de arrepentimiento, y dolor inundaron mi mente. ¿Sería expulsado? Tal vez se murió, e iría a la cárcel.

Chris, y su mamá estaban muy preocupados por mí. Esa noche ella me permitió dormir en el mismo cuarto con Chris. No

AFLICCIÓN DE ROSA

querían darme la posibilidad de cometer algo estúpido. Yo no estaba suicida, sólo nervioso. Mi ansiedad estaba tomando control sobre mí, y no me podía concentrar.

Septiembre 13, de 2007, sentado dentro del vehículo, la mamá de Chris tuvo que ponerme el cinturón por mí. Estaba tan frenético que mis manos temblaban fuertemente. "Bruce, cariño, no te preocupes." me dijo suavemente. "Todo estará bien. A veces en la vida hacemos cosas estúpidas, pero tenemos que vivir con las consecuencias."

Le sonreí levemente, y devolví mi mirada al suelo. Estaba tan arrepentido, y avergonzado por toda la situación, que no la podía mirar a los ojos. No podía ni hablar. Ella me había dado una vida nueva, y lo arruiné.

Llegamos a la escuela en media hora. Mientras caminábamos hacia la puerta, mi estómago se retorció, y se anudó. Entramos lentamente. La mamá de Chris me dio una leve palmada en la espalda para consentirme.

Recuerdo que abrimos la puerta para la oficina de la principal como si fuesen las puertas a Narnia; con mucha paciencia, y cuidado. Me pellizqué el brazo para probar que no estaba durmiendo. Todo se sentía como un sueño. Nos sentamos por alrededor de tres minutos, antes de que la directora se dirigiera a nosotros con una voz muy seria, "Joven, vamos a comenzar por lo más importante. Jackson está vivo en el hospital, con varias costillas rotas, dos huesos fracturados, y una conmoción cerebral. Lo golpeaste muy severamente. No se puede ni calcular la cantidad de problemas que tienes." Sus palabras se sentían como balas destrozando mi corazón. No pude detener las lágrimas que caían de mis ojos.

"Tienes mucha suerte que no murió, o estaríamos teniendo esta conversación con la policía. Varias personas vieron el incidente, y dijeron que te estabas defendiendo. Ellos dijeron que te persiguió, y le pegó a tu amigo, Chris. Algunos hasta dijeron que los había estado molestando por un tiempo. Pero nada está completamente claro por ahora.

Alcé mi vista, y miré a la directora. Noté que había una mujer misteriosa parada en la parte de atrás de la oficina. Enfoqué mis ojos en la mujer desconocida, hasta que la directora se molestó, y me dijo, "¿Me está escuchando, joven?"

"Si, señora." le contesté.

"Bueno, lo siento muchísimo, pero no tengo más opción que expulsarte. Tienes mucha suerte que fue en defensa propia, y los padres no quisieron poner cargos legales. No obstante, cometiste una ofensa contra las reglas de la escuela."

En ese momento, me sentí como si me hubiesen pegado en el estómago con un martillo. Mis llantos se volvieron más intensos mientras mi vida se desmantelaba. No había hecho nada malo, considerando que nos estaba tratando de matar. No podía creer la cantidad sufrimiento que mi vida me seguía tirando encima. ¿Cuánto dolor más podía recibir antes de explotar?

"¿Por qué? ¿Por qué él me ataca a mí, y él es la maldita victima?" le grité fuertemente.

"Casi lo matas. Sólo siéntete feliz que no irás preso."

"¿Casi lo mato? ¿Está escuchando las palabras que salen de su boca? ¿Puede pensar por lo menos un segundo, acerca de que pudiese haber pasado si no lo hubiese detenido? ¡Probablemente yo no estuviese aquí hablándole ahora mismo! ¿Cómo usted se atreve a proclamarlo a él, la maldita victima?"

La misma nube de emociones que sentí cuando le estaba pegando a Jackson penetró mi cuerpo, y tomó control sobre mí. Mi presión sanguínea comenzó a elevarse, y podía sentir mi sangre corriendo por mis venas de manera alterada. Mis orejas se pusieron rojas, y podía sentir mi corazón latiendo rápido.

AFLICCIÓN DE ROSA

De repente, la mujer sentada en la parte de atrás se paró, y dijo, "Cálmense todos. El coraje, y la violencia como podemos ver no resuelven ningún tipo de situación."

Todos en la oficina nos quedamos callados. Fue como si la voz de la razón hubiese hablado. Nos sentamos, y la mujer habló otra vez, "Hola, soy la Srta. Anderson. Tengo un grado doctoral en psicología, y sólo estoy aquí para ayudar." Miró a la directora, y le dijo, "Señora, no se apresure en expulsar a este joven. Puedo ver su potencial, y quiero una oportunidad para tratarlo antes de que usted haga su decisión final. Hay algo en sus ojos que grita mi nombre. Puedo notar que lleva años exclamando ayuda, y nunca fue escuchado."

Fue como si hubiese robado las palabras de mi boca. La mamá de Chris la miró, y le dijo, "Gracias. Le agradezco con todo mi corazón. El dinero no es un obstáculo. Si necesita tratamiento fuera de la escuela, lo puedo pagar."

"Eso no necesario, señora." le respondió la Srta. Anderson. "Estoy segura que se puede moldear su programa de clases para que pueda tomar clases, y terapias regularmente."

La directora exhaló fuertemente de infelicidad, y dijo, "Bruce, tienes una sola oportunidad. Si la hechas a perder, estás fuera."

Incliné la cabeza en aprobación, y le contesté rápidamente, "No se preocupe. No los voy a decepcionar. Fue sólo un reflejo, no podía dejar que le hiciera daño a alguien que amo."

Esa tarde, Chris llegó a la casa, y estaba tan preocupado, que entró a mi cuarto, y brincó a la cama. "¿Cómo te fue? ¿Te vas? ¿Te expulsaron? ¿Estás bien?"

Lo hice callar con un leve silbido de los labios. "Chris, cálmate. No te preocupes. Todo estará bien. Jackson está en el hospital. La principal sólo me dio varios meses de terapia, y si soy exitoso, no me expulsarán."

CHRISTOPHER A. FIGUEROA

Honestamente, sólo le dije eso porque quería que se sintiera mejor. Estaba tan preocupado por la situación entera, que me moría por dentro. Comencé a repensar en mi fe, aunque había dejado de creer en Dios el año anterior. No podía entender como yo rezaba todos los días, y nada sucedía. Ni siquiera movía un dedo. Dicen que Dios no te da más de lo que puedes aguantar. Yo pienso que Dios espera demasiado de un joven de catorce años.

Esa noche dormí en el cuarto de Chris. Su cama era muy grande, y cómoda. El cuarto estaba frío. Mi mente no me dejaba quedarme dormido. Nunca había ido a una psicóloga antes. No sabía que esperar de la experiencia. ¿Tendría que decirle todo lo que me ha sucedido a mí, incluyendo las cosas que sólo yo sé? ¿Y si se reía de mí? ¿Qué tal si se aprovechaba de mí, como todos los demás? Yo sabía que tenía problemas de confianza, pero nunca había dejado que conquistaran mi mente.

Septiembre 14, de 2007, tuve mi primera sesión con la Srta. Anderson. No puedo describir como me sentía. No sé si estaba feliz, triste, aburrido, o ansioso. Era más como una montaña de emociones. Esa mañana me levanté como todos los días. Me bañé, comí desayuno, y me vestí para la escuela.

Cuando llegamos a la escuela, noté algo muy diferente. Nadie me estaba gritando, o insultándome. Todavía me miraban, pero no se atrevían a decir nada. Caminé por los pasillos como un rey. Tenía mi brazo alrededor de los hombros de Chris para ver como reaccionaban. Le di varios besos, y nada. Algo definitivamente había cambiado. Cuando estábamos a punto de llegar al pequeño jardín, sonó el timbre. Me despedí, y nos dirigimos a nuestros salones.

De camino a mi salón, llamaron mi nombre por los micrófonos escolares, "Bruce Williams, favor de reportarse a la oficinal de la directora."

AFLICCIÓN DE ROSA

Suspiré fuertemente, y me volteé para dirigirme hacia la dirección contraria de mi salón. Llegué a la puerta de la oficina, y toqué suavemente. "Entra," me dijeron de adentro.

"Hola, Bruce. Hoy es tu primera cita, con la Srta. Anderson. Si no te molesta, por favor dirígete hacia allá ahora."

"Está bien, señora. Voy de camino." le contesté.

Empecé a caminar hacia la oficina de la psicóloga, y mi cerebro comenzó a volverse loco. Antes de que lo notara, estaba al frente de una gran puerta de madera.

Entré a la oficina, y era igual a las películas. Había un sofá rojo, donde te podías sentar, y decirle todos tus problemas. Para completar el juego de sofás, la Srta. Anderson estaba sentada en una silla roja. Estaba distraída con un papeleo encima de su escritorio. Me miró, y me dijo, "Hola, Bruce. Te estaba esperando."

"Hola, Srta. Anderson. Soy nuevo a todo esto. ¿Le molestaría explicarme un poco?"

"Bueno, que tal si comienzas sentándote en el sofá, y contestas unas preguntas simples."

No me pareció como una mala idea, así que me senté.

"Si no te molesta, vamos a empezar por tu niñez." me dijo.

Mi niñez era un tema rocoso. Hubiese apreciado si comenzábamos por otro lado. Me tomó años reprimir esas memorias para poder continuar con mi vida diaria. Lamentablemente, me veía obligado a reabrirlas para poder cooperar.

"Bueno, no sé donde comenzar. Creo que empezaré por mis cinco años. Mi padre comenzó a beber incontrolablemente, y mi familia se arruinó. Él nos pegaba a nosotros constantemente. No le importaba si yo lo veía, o no. Luego cuando yo tenía diez años, mi padre me vio vestido con la ropa de mi madre, y me pegó severamente."

Tuve que pausar por un segundo. No le iba a decir toda mi vida en una conversación. Miles de emociones corrieron por mi mente, y no sabía cual sentir primero. Emociones de coraje, tristeza, sufrimiento, y angustia, apuñalaban la parte de atrás de mi cerebro como un fantasma del pasado.

Ella subió su mirada de su portapapeles, y me dijo, "Toma tu tiempo. Cuando estés listo, continúa."

Inhalé profundo, exhalé suavemente, y continué con mi explicación.

"Un día, cuando tenía trece años, un estudiante abusivo me pegó porque soy gay. Cuando llegué a mi casa, mi padre me abofeteó, y se emborrachó poco después. ¿Tremendo padre, verdad? Esa noche, me bebí unas medicinas que me durmieron. Al rato, me levantaron los gritos de mi madre. No podía aguantar más. Sólo tenía trece años, pero me sentía muy fuerte. Agarré una escoba, y lo golpeé. Se calló al suelo."

En ese momento, vi a la Srta. Anderson escribir algo en su portapapeles. Me sentí curioso, así que le pregunte, "¿Qué es eso que escribes?"

Alzando su vista de sus papeles, me dijo, "Sólo unas notas. No me prestes mucha atención. Puedes continuar."

Ignorando mi pregunta previa, continúe mi historia, "Mi madre, y yo, corrimos afuera de la casa después de llamar a la policía. Mi padre se levantó, y nos pegó afuera de mi casa. Para acortar la historia, mi padre está ahora preso. No sé por cuanto tiempo, pero sólo estoy feliz que ya no es un peligro a la sociedad."

"Muy bien, Bruce. Lentamente progresaremos en nuestras sesiones."

AFLICCIÓN DE ROSA

"¿Eso es todo?" le pregunté. "¿No vas a preguntar más, o hacer frases arrogantes?"

"¿A qué te refieres?" me preguntó curiosamente.

"Cómo en las películas. Yo digo algo acerca de mi vida, y usted se inventa una teoría bizarra, de esto, y lo otro. Usted sabe…terapia."

La vi muy confundida. "No, así no es como esto funciona." me dijo. "Sólo hablamos normalmente, como humanos, y cuando vea que necesitas asistencia, te ayudo. La sesión de hoy se acabó. Nos vemos la próxima semana."

"Adiós, Srta. Anderson."

"Adiós…" me contestó.

Por alguna razón, todo dentro de mí se sintió mejor. Mis emociones corrían como maquinaria, y de alguna forma, sentía como si todo estaría perfecto.

Septiembre 21, de 2007, había ido a las sesiones terapéuticas de la Srta. Anderson por alrededor de una semana. Las sesiones eran interesantes, pero no tenía suficiente valentía para decirle del Padre Morgan. Todo parecía borroso, pero era suficientemente claro como para perseguirme en mis sueños. No pensé que él podía hacer mi vida tan miserable desde miles de millas de distancia. Algún día tenía que dejarlo todo salir. No podía seguir embotellando todo como lo había hecho por tantos años.

Todas las noches me sentaba en mi cama, y pensaba en Jackson. Si no lidiaba con mis emociones, podía quebrantar, y matar a alguien. Casi había matado a Jackson. ¿Qué me prevendría de hacerlo en el futuro? Tenía que tomar control sobre mis acciones.

Septiembre 24, de 2007, en la mañana del lunes me levanté sin quererlo. Cada vez que daba un paso, mis pies se sentían más pesados. No podía entender por qué me sentía de esa forma, pero tal vez mi cuerpo me estaba diciendo que no fuese a la sesión con la Srta. Anderson. No me quedaba más remedio.

Ya había pasado un tiempo desde el incidente de Jackson, y los estudiantes todavía me miraban con miedo. Chris se fue a su clase temprano para aclarar una duda. Me quedé solo en los pasillos. Por alguna razón, esa mañana fui a la oficina de la Srta. Anderson temprano.

"Buenos días, Srta. Anderson." dije entrando por la puerta.

Levantó su mirada de su escritorio, y me dijo, "Bruce, buenos días. Que sorpresa, no te esperaba por otros treinta minutos."

Di varios pasos, y me senté en el sofá. "Sí, lo sé. Perdóneme por venir sin avisar. Es que no me quería quedar solo en los pasillos. Algo me dice que hoy será una sesión buena."

"No hay problema. ¿Dónde quieres comenzar hoy?"

"Bueno, antes de comenzar, ¿le puedo preguntar algo?"

Ella cabeceó en aprobación, y me dijo, "Sí, dime."

"¿Por qué la gente me tiene miedo?"

Ella escribió unas notas en su portapapeles, y me dijo, "Piensa en la escuela como un bando de lobos. Eliminas al líder, y tú te conviertes en el líder. Cuando casi mataste a Jackson, quitaste al líder. Él era el abusador más intimidante de la escuela, y la gente le temían. Cuando lo eliminaste, el abusado, se convierte en el abusador. Ellos piensan que tu puedes hacer peores cosas que las que Jackson les hizo a ellos."

Sentado en el sofá, pensé en su explicación. No podía entender por qué las personas pensaban eso. Yo no les haría daño; sólo me estaba defendiendo. Después de unos segundos de pensamientos dije, "Bueno, yo no les haré nada. Sólo me estaba

AFLICCIÓN DE ROSA

defendiendo." No sé por qué, pero cada vez que decía eso, me sentía mejor. Aunque dentro de mí ser, me sentía como un mentiroso.

"¿Dónde nos quedamos en nuestra última sesión?" me preguntó la Srta. Anderson.

"Srta. Anderson, le quiero decir la verdad. En nuestras cuatro últimas sesiones, no estaba diciendo la verdad. Sólo estaba inventando cosas para obtener suficiente valentía para decirle la verdad. Después de nuestras primeras sesiones, que le dije tantas cosas, me sentía feliz, pero a la misma vez vulnerable. Nunca le había dicho eso a nadie, y para ser honesto, todavía pienso que fuese mejor si no le hubiese dicho nada."

"Bruce," me dijo suavemente, "yo sabía que me estabas mintiendo. Tus historias no tenían sentido. Estaba esperando este momento. Sólo por venir aquí, y decirme esto, estás progresando. Eventualmente, aceptarás lo que sucedió. Tarde o temprano, me lo dirás, y comenzarás a curar tus heridas emocionales."

Me sentí como si me hubiesen cocido la boca. Cada palabra que intentaba decir, incrementaba el dolor. Respiré profundo, y comencé, "Cuando mi padre fue a prisión, no tenía una figura masculina en mi vida, así que me hice amigo del sacerdote de mi escuela. También era el director. Éramos amigos…hasta que sucedió."

La Srta. Anderson escribió unas notas, y me dijo, ¿Qué sucedió?"

Cada palabra que salía de mi boca se sentía como una puñalada a mi corazón. Agarré una servilleta para secar mis lágrimas, y continué, "Mi cumpleaños número catorce estaba alrededor de la esquina. Mi madre, para ese entonces, bebía mucho para lidiar con sus situaciones. Yo sabía que ella no celebraría mi cumpleaños, así que hable con el Padre Morgan. Él me dijo que me organizaría una fiesta, y que no me preocupara."

CHRISTOPHER A. FIGUEROA

La Srta. Anderson me interrumpió por un momento, "Bruce, nuestro tiempo por hoy ha terminado, pero estamos haciendo buen progreso. ¿Quieres terminar hoy, u otro día?"

Lentamente sequé las lágrimas de mis ojos, y le respondí, "Señorita, no creo que pueda decirle esto otro día. Si no es mucha molestia, ¿podemos terminar hoy?"

"No hay problema, continúa." me dijo.

Arreglé mi postura, y continué, "Como le estaba diciendo, el día de mi cumpleaños, me levanté muy alegre. Pensé que había hecho una amistad. No había tenido una en toda mi niñez, se sentía bien."

Ella paró mi historia por un momento, y me dijo, "Bruce, hoy voy a intentar algo diferente. Será un poco más interactivo. Te preguntaré algunas preguntas mientras me cuentas tu historia."

Sinceramente, no entendí a qué diablos se refería, sólo moví mi cabeza, y continué, "El timbre final sonó, y corrí felizmente hacia la casa del Padre Morgan. Cuando entré, la casa parecía un paraíso de niños. Comenzamos a comer, y hablar acerca de su vida. Creo que estaba intentando que confiara en él. Fue exitoso. Me dio unos tragos de alcohol, y todo se puso borroso. No puedo creer que caí en esa trampa. Srta. Anderson, ¿por qué fui tan estúpido?"

"Bruce, no seas tan duro contigo mismo. No fue tu culpa. Él se aprovechó de ti. Es muy común que las victimas se culpen por lo que les sucedió. El único que tiene culpa, es el agresor."

Tragué mis lágrimas, y respiré profundo. "Me bebí los tragos. Me sentí muy desorientado. Cuando él vio que estaba borracho, me agarró de la mano, y me llevó al sofá. Tenía unas revistas, y me dijo que las leyera. No podía creer que un sacerdote tenía pornografía. Ahí fue que las cosas comenzaron a ponerse muy incómodas. Ambos comenzamos a leer las revistas, y algo me decía que corriera. Pero no escuché. Fue toda mi culpa. Sólo

AFLICCIÓN DE ROSA

quería salirme, pero él había escondido mi ropa. Se quitó su ropa interior, y me obligó a tocarlo, mientras él me tocaba a mí."

La Srta. Anderson me interrumpió, y me preguntó, "¿Cómo te hizo sentir?"

Me senté en la silla anonadado. No podía creer que me había preguntado algo así. Me sentí como si me hubiesen dado un puño en la cara.

"¿Cómo me hizo sentir? ¿Cómo se atreve a preguntarme eso? ¿Cómo carajos crees que me hizo sentir? ¡No estaba pidiendo que me violaran! ¡No me hizo sentir feliz, eso es seguro! ¿Cómo se sentiría usted si la violaran, y le dijeran que usted estaba pidiéndoselo? Mi preferencia sexual no le da derecho a nadie de violarme. Él había fingido ser mi amigo para tener sexo conmigo. La primera vez que confié en alguien, y terminó horrible."

La Srta. Anderson me miró, y me dijo, "¡Eso es, Bruce! ¡Déjalo salir! Todo ese coraje que has mantenido atrapado por años. ¡Grita!"

Improvistamente, comencé a gritar tan fuerte como podía. Tumbé unas cosas de su escritorio, y la miré fijamente. Después de unos segundos, mis pernas se rindieron, y me caí al suelo llorando histéricamente. Una cantidad increíble de emociones, y dolor corrían dentro de mí. Mi corazón estaba tocando fuertemente como un gong chino.

La Srta. Anderson reposó sus notas en el escritorio, y se paró al lado mío. "No te preocupes, Bruce. Estamos haciendo tremendo progreso. Nuestro tiempo por hoy ha terminado, pero te veré otra vez mañana."

Cabeceé mi cabeza, y continué con mi día como si nada hubiese pasado. Ese día me encerré completamente dentro de mí. No le hablé a nadie, y no pude dormir, ni comer. Todo lo que podía hacer era pensar en mi vida, y lo que me había sucedido.

CHRISTOPHER A. FIGUEROA

Diciembre 3, de 2007, unos meses pasaron, y algunas cosas cambiaron. No podía controlar las emociones que recibía de mi cabeza. Las terapias me estaban ayudando. Me estaba transformando en una mejor persona.

Pero por otro lado, estaban resurgiendo muchas emociones que había embotellado. No las podía borrar, y comenzar una página nueva. Eventualmente, tenía que aceptarlo, o estaría encajado en el mismo capítulo de mi vida. Las navidades estaban cerca. Sólo había escuchado de mi mamá por teléfono. No tenía tiempo para visitarla en el centro de rehabilitación.

Algunos días antes, me enteré que los padres de Jackson lo habían sacado de la escuela. Después de unas sesiones de terapia, comencé a sentirme culpable por lo que le hice. Puedo entender completamente como se siente despertarse en un hospital sin saber cómo llegaste. Yo había vivido por la misma situación muchas veces en mi niñez.

Mis notas no fueron las mejores en ese semestre, aunque los maestros fueron buenos conmigo. Ellos me dejaron tomar exámenes, y entregar trabajos tarde. Si me mantenía fuera de problemas, todo estaba bien. La Srta. Anderson me ayudó a bregar con mis problemas, y me convirtió en una nueva persona. Ya no era el niño con coraje que todos le temían. Las personas como quiera no me hablaban, pero eso era por mi homosexualidad, y no por miedo.

Después de un tiempo, algo me molestaba un poco. Siempre que iba a las sesiones de terapia, la Srta. Anderson tomaba notas. No podía pensar en algo más. Estaba determinado a saber que decían esas anotaciones.

Diciembre 7, de 2007, estudié a la Srta. Anderson. En la hora de almuerzo, ella siempre comía fuera de la escuela. Nunca la vi cerrar la puerta con llave. Después de nuestras sesiones, me quedaba unos minutos. Yo le decía que necesitaba algunos minutos para recuperarme, y ella no tenía problema con eso.

AFLICCIÓN DE ROSA

Cuando estaba relajándome dentro de su oficina, pude ver donde ella guardaba sus anotaciones. Sabía todo lo que necesitaba saber. Sólo tenía que esperar a la oportunidad perfecta. Los maestros, y los miembros de la oficina tenían el mismo tiempo de almuerzo. Exactamente una hora, desde las once de la mañana, hasta las doce del mediodía. En su hora de almuerzo, la Srta. Anderson, salió como sabía que haría. Lentamente, abrí la puerta, y entré. Después de unos segundos, todas las carpetas estaban frente a mis ojos en orden alfabético.

Moví mis dedos hacia la W para buscar mi nombre. Williams Smith Bruce, y ahí estaba; mi carpeta. Mi carpeta era más grande que la de los demás. Me imagino que eso fue porque tuve más sesiones que ellos.

El papel de nuestra primera sesión no decía mucho. Sólo decía que tenía problemas severos de confianza, y coraje escondido. Brinqué los días en los que le había mentido porque sabía que no serian relevantes. Busqué el papel del día en el que le dije que fui violado, y lo leí.

"Compensa inseguridad con coraje", "honestidad", "Problemas con aceptación", "emociones embotelladas", "problemas haciendo amistades", "gran progreso", "temperamento fuerte", "poca paciencia". Pero hubo una, que me dolió mucho, "No enseña señales de recuperación completa, cero esperanza."

Dejé caer la carpeta el suelo en shock. Un sentimiento severo de coraje, y depresión entraron dentro de mí al leer esa página. No importa cuán molesto estuviese, tenía que ponerlo de la misma forma que lo encontré, e irme. No podía dejarle saber que me había metido a su oficina. Primero, me metería en problemas por entrar, y leer carpetas confidenciales. Segundo, me expulsarían por hacer tonterías, y por haber roto las reglas.

Rápidamente organicé los papeles como los había encontrado, y hui de la oficina. Las últimas palabras que leí, se repetían dentro de mi cabeza. No podía creer la idea que nunca sería normal. Sólo deseo que nunca hubiese leído ese maldito papel.

AFLICCIÓN DE ROSA

8 ERRORES DE MI ESTUPIDEZ

Diciembre 9, de 2007, el tiempo parecía estar a mi lado al final del semestre. Trabajé duro para pasar las clases que estaba fallando, y terminé mis clases cómodamente. Mi cerebro todavía me estaba molestando por las palabras que leí en la carpeta de la Srta. Anderson. Tenía que saber lo que significaba, o me volvería loco. Estábamos en las vacaciones navideñas por tres semanas, y no podía estar tres semanas sin una sesión. Fui a la madre de Chris, y le rogué que llamara a la Srta. Anderson.

"Srta. Johnson, necesito hablar con la Srta. Anderson. Es algo que sólo ella puede explicar. ¿Por favor, podrías llamarla?"

Ella levantó su mirada de lo que estaba haciendo, y me dijo, "Está bien, Bruce. La llamaré en un minuto."

Cabeceé en aprobación, y me fui al cuarto de Chris. "Hola, Chris." le dije cuando caminé por la puerta. Sonreí, y le di un beso. "Voy a una sesión de terapia con la Srta. Anderson por un rato. Vuelvo después."

Antes de salir por la puerta, me volteé, y le dije cuidadosamente, "Adiós…"

CHRISTOPHER A. FIGUEROA

Mientras bajaba las escaleras, la mamá de Chris me dijo de la cocina, "Oye, Bruce, la Srta. Anderson dijo que tiene una sesión abierta ahora mismo, si quieres ir."

"Está bien." le dije. Caminamos hacia la puerta del frente. Después de unos momentos, entramos al carro, y salimos. De camino al lugar, hablamos acerca de su trabajo, y cuántas vidas ella había salvado, o perdido. No pensé que la vida de un medico podía ser tan triste, y feliz, a la misma vez. Ella me dijo, que había visto todo desde víctimas de disparos, hasta víctimas de accidentes de carros. Me contó lo difícil que era tomar decisiones acerca de quien requería tratamiento primero. Ese tipo de decisiones la afectaban demasiado.

"Sabes, Bruce," me dijo calladamente, "cuando me convertí en una doctora de la sala de emergencias, no pensé que lo podría hacer. Ver a toda esa gente en crisis, me deprimía. Lidiar con el hecho de que no los puedo salvar a todos, fue lo más difícil. Las coas no siempre pasan como uno desea. He visto muchas cosas que deseo que ustedes nunca tengan que ver. Yo también fui a terapias, y me ayudó mucho. Sólo quiero lo mejor para ti. Te has convertido como en mi segundo hijo."

Con una lágrima bajando por mi mejilla, le abracé. Miré por la ventana del pasajero, y noté que habíamos llegado. Rápidamente, me salí del vehículo para ver a la Srta. Anderson. El edificio en el que ella daba terapia fuera de la escuela era muy extraño. Era muy limpio, no tenía ni tierra, ni grasa, ni nada. Sólo pintura blanca. Tenía un jardín muy lindo. Con una variedad de flores, y árboles. Honestamente, era demasiado perfecto.

Comencé a caminar hacia su oficina rápidamente, tenía que saber a qué se refería. Llegué a la puerta, y toqué el timbre. Poco después, escuché el molestoso zumbador de la puerta. Entré al cuarto lo más calmado posible.

AFLICCIÓN DE ROSA

"Bruce, hola. Te estaba esperando." me dijo con una sonrisa.

"Hola, Srta. Anderson, ¿Cómo estás?" le pregunté.

"Estoy muy bien, Bruce. Gracias por preguntar. ¿Cómo estás tú?"

"Estoy bien, Srta. Anderson."

"Bueno, Bruce, la mamá de Chris me dijo que me tenías que hablar de algo muy importante."

Pensé que tendría más tiempo para hablarle de forma más suave, pero ella rápido fue al punto. "No sé cómo decirte esto."

"No te preocupes, Bruce. Puedes decirme lo que sea." la Srta. Anderson me reafirmó.

"Bueno, Srta. Anderson, ¿a qué se refería usted cuando dijo, no enseña señales de recuperación completa, cero esperanza?"

Ella suspiró altamente, y me miró desilusionada. "¿Entraste a mi oficina?"

Le vi su cara, y noté que había sido abofeteada por mi estupidez. "Sí," le contesté, "perdóneme, pero la curiosidad me estaba matando."

"Bruce... Por eso mismo los pacientes no pueden leer las anotaciones de sus doctores. No las entenderías. Cuando hacemos alguna anotación, es para resaltar señales de progreso, o regreso. Esa nota que leíste no significa lo que piensas. Cuando dije eso, me refería a que no te recuperarías con el tratamiento actual que te estaba dando. Por eso te iba a llamar hoy. Planeé algo para mañana que te ayudará mucho."

Mi corazón se cayó. Me sentí extremadamente avergonzado, y tonto. No podía creer que había roto la confianza que la Srta.

CHRISTOPHER A. FIGUEROA

Anderson me había brindado por algo tan infantil. Tiré meses de terapia por el drenaje. Gracias a mis acciones irracionales. Me sentía como un bobo. Mi cara se puso roja de vergüenza.

"Bruce, no te preocupes." Me dijo. "Fue un error. Todos somos humanos, las cosas pasan. Sólo tengo que decirte que tenemos que trabajar en tus problemas de confianza. Por otro lado, estas mostrando señales de progreso extremo. Te arrepientes de lo que haces, y me dices la verdad honestamente. Acabas de confesarme lo que hiciste, ¿no? No seas tan duro contigo mismo, mañana te sentirás mucho mejor. Te lo juro."

Esa sesión de terapia no se sentía como una sesión. Utilizamos los cuarentaicinco minutos restantes hablando de nuestras experiencias de vida. Por primera vez en mi vida, la Srta. Anderson me habló de ella. Ella estaba casada a un hombre, no recuerdo su nombre. Tenían dos hijos, una niña, y un niño. El varón era Michael, y la niña era Alex. Eran gemelos fraternos."

"Un día mi esposo estaba de camino a casa, y decidió llevarnos a comer helados. Era tarde en la noche. No recuerdo exactamente, pero creo que eran las nueve de la noche. Los niños, y yo nos vestimos lo más rápido posible. Teníamos muchas ganas de helados. Mi esposo llegó, y nos montamos en el carro. De camino a la heladería, un conductor ebrio se comió la luz roja, y nos chocó. Bruce, no lo puedo explicar, pero de alguna forma, lo vi suceder en cámara lenta. Vi el carro acercándose hacia nosotros, y le grité a mi esposo para que parara, pero fue muy tarde. Nos golpeó como un meteoro, y las bolsas de aire se activaron. No fueron suficientes. Mis niños, y mi esposo murieron al instante. Estuve semanas en el hospital, y años en terapia."

Esa fue la primera vez que había visto a la Srta. Anderson sin una sonrisa en sus labios. Aunque ese evento sucedió hace años, pude notar que hablar de ello, le causaba dolor. Me paré de mi silla, y agarré una servilleta. Secando sus lágrimas, la abracé. Sentí como si nos hubiésemos conectado espiritualmente. No pasamos por

AFLICCIÓN DE ROSA

los mismos eventos, pero ambos sabíamos lo que era el dolor. Después de abrazarla por unos segundos, me senté en mi silla.

"Así fue que decidí convertirme en una psicóloga. Sé cómo se siente pasar por una situación dolorosa. ¿Por qué no ayudar a los demás a pasar por su dolor?"

Ahora sabía porque ella era tan cerrada hacia el tema de su vida personal. Una psicóloga nunca debe hablar de su vida personal con sus pacientes, pero mi relación con la Srta. Anderson era algo más que doctor, y paciente. Era una linda amistad.

La sesión se terminó, y me sentía muy conectado emocionalmente con la Srta. Anderson. Ese día, me sentía muy emocionado por saber lo que la Srta. Anderson había planeado para el día siguiente. Ella dijo que me ayudaría a canalizar mi coraje. Sólo esperaba que no fuese algo verbal, estaba cansado de hablar.

La mamá de Chris me buscó cuando la sesión se terminó. Ya era de noche, así que fui al cuarto de Chris después de cenar para ver televisión con él.

Tan pronto que entré por la puerta, Chris me dijo, "Bruce, te vez feliz."

"Porque lo estoy. Estoy feliz aquí contigo. No hemos estado juntos desde hace muchos meses. Mis terapias han sido un obstáculo, pero te prometo que para las navidades, voy a estar junto contigo siempre."

Me miró desde la cama, y me dijo, "Eso sería un buen cambio de rutina."

"Pero..." le dije, "mañana estaré con la Srta. Anderson. No sé para qué, pero ella me dijo que había planeado algo para mí."

Después de unos segundos, me dijo, "Está bien, me imagino que estaré con mi madre mañana."

CHRISTOPHER A. FIGUEROA

Besé sus labios, y apagué el televisor antes de dormirnos. Esa noche, dormir con Chris fue como el paraíso. Lo abracé muy fuerte. Podía sentir su respiración suave. La temperatura de su cuerpo era tibia, y relajante.

Diciembre 20, de 2007, esa mañana me levanté feliz para ver que me traería el mundo. La charla con la Srta. Anderson me enseñó dos cosas. Primero, la vida es demasiado corta para gastarla quejándonos de nuestros problemas. Dos, si ella pudo sobrellevar la muerte de su familia, y convertirse en una psicóloga, yo también puedo sobrellevar mis problemas.

De repente, el teléfono sonó. Todos estaban durmiendo. Era el único que lo podía contestar, "¿Hola?" dije bostezando.

"Hola, ¿hablo con Bruce?" la voz preguntó.

"Sí," le contesté.

"Hola, Bruce, te habla la Srta. Anderson. Hablé con la mamá de Chris ayer, y te estaré buscando hoy para la sesión que planeé. De paso, ponte algo roto, y sucio. Tú sabes, algo que se puede dañar. Nos vemos pronto. Adiós."

"Adiós," le contesté.

Cuando colgué el teléfono, corrí hacia mi cuarto para ponerme la ropa más fea que encontré. Mi cerebro seguía pensando en actividades que necesitarían ropa sucia. ¿Qué diablos había planeado mi psicóloga?

Treinta minutos después que me cambié de ropa, y desayuné, la Srta. Anderson llegó. Dejé una nota en la puerta del refrigerador para indicar que estaba con la Srta. Anderson. Mientras salí por la puerta principal, vi que ella tenía un auto muy lujoso. Era un Mercedes Benz del año, color rojo, con asientos detallados en cuero, e interiores de madera fina. Comencé a caminar hacia el vehículo, y ella me abrió la puerta. Los asientos eran más cómodos que las nubes. Sentí como si estuviese volando hacia mi

AFLICCIÓN DE ROSA

destino. No hablamos mucho en el camino. Ella parecía demasiado ansiosa como para hablar.

"Srta. Anderson, ¿a dónde vamos?"

Ella me miró con una sonrisa en su rostro, y me dijo, "Ten paciencia, jovencito. Esta será entretenido, y terapéutico."

No entendí muy bien a qué ella se refería, así que me mantuve callado. Pronto después, llegamos a un vertedero. Entramos adentro del, y era masivo. Había montañas de basura rodeándonos completamente. La peste era tan fuerte, que ahogó mis sentidos. Tenía que acostumbrarme, de alguna manera esto me ayudaría.

Llegamos a la sección que la Srta. Anderson había preparado para mí. Había un carro, varios televisores, dos peceras de cuarenta galones, y una pila de platos sucios.

"Bien, Bruce, hemos llegado. Sé que no parece mucho, pero te aseguro que después de esto, te sentirás mejor. "

La miré con una cara preocupada mientras ella me pasaba las gafas protectoras. Dando un paso hacia delante, miré el área. La Srta. Anderson retrocedió, y me dijo, "Elije una de estas herramientas para canalizar tu coraje. Mientras rompes algo, grita cualquier sentimiento molestoso que tengas."

A la vez que me ponía las gafas protectoras, agarré el martillo. Imprevistamente, la ira dentro de mí, despertó la energía de mi cuerpo. Comencé a pegarle al carro una, y otra vez.

"¿Por qué me pegaste?" grité. "¡No era suficiente para ti! ¿Por qué destruiste mi vida? ¡Sólo era un niño! ¡No me merecía lo que me hiciste!"

Mi cerebro seguía repitiendo la misma retrospección por mi cabeza. Seguía viendo las situaciones en las que me encontraba sin ayuda. La adrenalina comenzó a correr por mis venas de la misma forma que corrió cuando le pegué a Jackson. Podía sentir el poder en mis manos mientras rompía el carro. Fragmentos de cristal volaron por doquier con cada golpe que le hacía al vehículo. Cada vez que le pegaba, me imaginaba a todas las personas que han hecho mi vida un infierno. Vi como si le estuviese pegando a mi padre, a Bryan, a Jackson, y al Padre Morgan.

Corrí hacia las peceras, y oscilé el martillo a través de ellas como una cuchilla caliente traspasa la mantequilla.

"¡Robaste mi niñez! ¡Esto es por pegarle a mi madre! ¡Espero que estés muerto, hijo de puta!"

Dejé caer el martillo al suelo, y colapsé llorando. Arrodillándome en el piso, comencé a calmarme. Me paré, y sequé mis lágrimas. Caminé hacia ella, mientras me dijo, "¿Cómo se sintió?"

No le pude responder. No tenía palabras para expresar las emociones que estaba sintiendo. Era demasiado abrumador.

Ella se acercó hacia mi lado, y me dijo, "Hay algo más, si estás dispuesto."

Respiré profundo, e incliné mi cabeza en aprobación.

"Muy bien." me dijo. "Tráeme esos platos."

Caminé a los platos, y se los traje a la Srta. Anderson.

"Quiero que escribas algo en los platos antes de que los rompas. Tal vez esos sentimientos que tienes dentro de ti. Esos que sólo tú conoces."

"Ok," le dije. Agarré el primer plato, y escribí: violación, vergüenza, y depresión. Tiré el plato al piso lo más duro que pude. Se sintió increíble. En el segundo plato, escribí: mentira, dolor, sufrimiento, y lo arrojé encima del otro. Repetí el proceso hasta que todos los platos estaban rotos. Honestamente, no

AFLICCIÓN DE ROSA

podía creer que romper cosas fuese tan satisfactorio. Se sentía librante. Mi mente estaba libre de todos los pensamientos horribles. Podía respirar.

No me había sentido tan bien en años. Todo parecía como si se derritiese. El dolor, el estrés, la vergüenza, y el coraje abandonaron mi cuerpo como en un exorcismo.

Después de irnos del vertedero, fuimos a comer para poder hablar. Llegamos rápidamente al restaurante, y me di cuenta que era decente. Los dos ordenamos nuestra comida, y comenzamos a hablar.

"¿Cómo lograste lidiar con la situación de tu familia?"

Ella tragó fuertemente, respiró profundo, y dijo, "No fue fácil. Como te dije antes, me tomó años en terapia. Nunca dejas una situación ir. Aprendes como bregar, pero no lo dejas ir. No hay una forma de borrar lo que nos sucede. Hasta el día de hoy, siento dolor por la muerte de mi familia. Los extraño tanto."

Me miró a los ojos, y me dijo, "Bruce, no dejes que tu pasado te controle. Tienes un futuro brillante delante de ti. Si dejas que tus problemas te controlen, te arruinarán. Eres muy valiente por sólo intentar de lidiar con ellos. No te preocupes, el tiempo sana."

Sus palabras me tocaron. Ella había pasado por las mismas, o peores cosas, que yo había pasado. Si alguien era perfecta para ayudarme en esa situación, era ella. El hecho de que era una psicóloga sólo era un bono.

Sentado en mi silla, intenté buscar las palabras correctas para decirle. Alcé mis ojos de la mesa, y le dije, "Gracias por todo, Srta. Anderson. Si no fuese por ti, estuviese deprimido, derrotado, y fuera de la escuela. No sé que hubiese hecho sin ti."

Se sonrió, y me dijo, "De nada."

CHRISTOPHER A. FIGUEROA

Terminamos de comer nuestra cena, y nos dirigimos a mi casa. Eran casi las cuatro de la tarde cuando llegamos a mi hogar. Antes de que me bajara del carro, le di las gracias a la Srta. Anderson otra vez. Ella me dio una palmada en la espalda, y me dijo, "Esto no es un adiós, es un hasta luego. Si me necesitas, no dudes en llamarme."

Cerré la puerta del carro, y caminé hacia la puerta de mi casa. Tan pronto que di un paso adentro, escuché a alguien gritar, "¡Sorpresa!"

Tiré mis llaves al suelo.

"¡Mamá!" grité fuertemente mientras corría para darle un abrazo. "Dios mío, te ves tan bonita. ¡Me alegra verte en casa!"

"Yo también, te extrañé tanto. Chris, y su madre me han contado todo lo que sucedió en mi ausencia. Lo siento tanto que no pude estar contigo. Perdóname por todo. Cada una de las veces que te sentiste odiado, y rechazado. Por cada uno de los momentos dolorosos que pasaste, perdóname. Si me pudiese poner en tu lugar en cada una de ellas, lo haría."

Mis ojos se aguaron cuando escuché a mí madre disculparse por cosas que ella no controlaba. No era su culpa que nuestro papá nos pegaba. No era su culpa que un sacerdote me intentó violar. No era su culpa que todas las personas que yo conocía, me intentaba pegar, o matar. Ninguna de esas cosas eran su culpa, pero por alguna razón, sus disculpas se sintieron bien. Fue como una sensación calmante que no puedo explicar.

"No te preocupes, mamá. Hiciste lo mejor que pudiste. Gracias." le dije a mi madre, y la abracé. "Pero vamos a celebrar tus logros. Esto es una ocasión feliz, no la arruinemos."

Mi mamá secó las lágrimas de sus ojos. Después que nos calmamos, caminamos al comedor, y comimos la cena que la mamá de Chris había cocinado. Teníamos globos, y todo. Fue

AFLICCIÓN DE ROSA

como una fiesta sorpresa para mi madre, excepto que me sorprendieron a mí.

Los días restantes, hablamos de la experiencia de mi mamá en el centro de rehabilitación, y los varios meses en la casa de vivienda sobria. Ella quería asegurarse que estaba completamente limpia del alcohol cuando viniese a casa. No quería decepcionarme

Ver a mi madre me trajo esperanza. Me sentía muy feliz de tenerla en casa. La vida la pateaba, pero ella se paraba con orgullo. Si ella podía, yo también. Esa noche dormí en la cama de Chris. La vida me estaba dando un reposo del dolor, y no pudo haber venido en mejor momento.

Diciembre 24, de 2007, el tiempo pasó volando, y todo se puso mejor. Mi madre seguía sobria, y Chris me amaba con todo su corazón. No podía creer que ya habían pasado meses desde que nos conocimos. Pasamos por tantas situaciones juntos. Nuestra relación se sentía como si durara para siempre. La Noche Buena llego antes que nos diéramos cuenta, y no sabía qué imaginarme. Esta sería la primera Navidad en la que no escucharía gritos, peleas, ni lloriqueos.

Me senté en mi cama, y cerré mis ojos mientras recordaba la noche en la que mi padre empujó a mi madre. Ella cayó encima de nuestro árbol de Navidad. Las decoraciones de cristal se rompieron en el suelo. Mi padre comenzó a pegarle a mi madre encima de los pedazos de cristal. Cuando estaba cansado, el maldito tuvo el nervio de hacerla limpiarlos.

En ese momento, me di cuenta que había bloqueado la mayoría de mis memorias infantiles. La terapia me ayudó a abrirlas, pero no salían sin provocación.

Esa noche me dormí temprano, pero no antes de decirle buenas noches a toda mi familia. La mamá de Chris nos dejó dormir en el mismo cuarto porque no estábamos teniendo relaciones sexuales, y aunque lo estuviésemos, el no podía quedar embarazado.

Diciembre 25, de 2007, inesperadamente, un sentimiento infantil tomó control sobre mí. Me desperté por la mañana, y comencé a hamaquear a Chris. "¡Chris! ¡Chris! ¡Despierta!"

Chris abrió sus ojos lentamente, y se rió. "Ok, ok." me dijo. "Ya me desperté."

Mientras bajábamos las escaleras, vi a nuestras madres paradas al lado del árbol de Navidad. No teníamos más familiares, así que mi madre, y yo pasamos las Navidades con Chris, y su mamá. Sólo éramos nosotros cuatro. No pedimos mucho, ya nos habían dado tanto cuando nos trajeron a su casa. No esperaba regalos, pero había dos cajas debajo del árbol. Una de ellas tenía mi nombre, y la otra tenía el nombre de Chris. Los dos corrimos hacia el árbol, y destrozamos el papel de regalo como animales rabiosos. Brincamos felizmente cuando vimos que nos habían comprado celulares iguales.

Subí mi rostro para mirar sus ojos cuando ella dijo, "Tienen todo ilimitado. No se preocupen."

Ambos sonreímos, y le dimos las gracias mientras corrimos hacia nuestros cuartos. El tiempo pareció volar al frente de nosotros mientras pasamos horas adentro del cuarto, hasta que la mamá de Chris nos llamó a cenar. Cualquier tipo de comida de Navidad que te podías imaginar estaba sobre la mesa. Antes de que pudiésemos preguntar, la mamá de Chris se volteó, y nos dijo, "No soy una cocinera muy hábil. Así que decidí contratar a alguien. Ellos son los que hacen la comida de las actividades especiales del hospital, debe saber súper bien."

Comenzamos a comer, y hablamos de nuestras Navidades pasadas. Mi madre, y yo, nos mantuvimos callados, no queríamos dañar el buen humor del día. La mamá de Chris comenzó a contarnos que una vez, su papá no podía pagar regalos

AFLICCIÓN DE ROSA

navideños, y no le podía dar el regalo que ella deseaba. Esa noche, su papá rezó con todo su ser para que Dios le diera el dinero para comprarle ese regalo. En la mañana, el regalo estaba debajo del árbol navideño. Nadie sabía cómo llegó ahí. Desde entonces, la familia de Chris han sido cristianos devotos. Ojalá yo tuviese tan buena suerte con la religión.

Esa fue la mejor Navidad que había tenido. Me sentí completo, y lleno de gracia. Era la primera vez que tenia esperanza para el futuro. Al fin, memorias lindas…

CHRISTOPHER A. FIGUEROA

9 REGALOS INDESEADOS

Mayo 23, de 2008, cinco meses pasaron; tranquilos como el viento, y callados como un ratón. Me fue bien en la escuela, aunque dejé de tomar sesiones de terapia. Mi relación con Chris crecía más fuerte cada día que estábamos juntos. No podía estar ni un día separado del. Los terrores nocturnos pararon, y finalmente podía dormir en paz.

Usualmente, no podía notar cuando el tiempo pasaba rápido. No verificaba calendarios porque no me importaba. Pero tenía pavor de que este día llegara. No quería que llegara, pero no lo podía detener. Ya estábamos en Mayo 23, y todo se derrumbó. Sólo faltaba un día para mi cumpleaños. Daría lo que fuese para que este día desapareciera de mi vida para siempre. Me sentía inútil, e impotente.

Todos intentaban alegrarme, pero nada ayudaba. Las horribles memorias se repetían dentro de mi cabeza. Drenaban toda la energía de mi cuerpo. Como una marioneta impotente, no podía moverme, ni dormirme, ni hablar. Intenté lo mejor que podía para reprimir las memorias, pero era imposible. Se me hacía más difícil reprimir las memorias porque ocurrieron en mi cumpleaños.

AFLICCIÓN DE ROSA

Soplaba las velas, y deseaba que las memorias se borraran de mi mente, pero no lo hacían. Me asechaban como una sombra. Mi futuro se veía devastado. Todo lo que había trabajado fuertemente para cumplir se había caído por las escaleras. Esa noche completa estuve mirando el techo. No podía pegar el ojo. Intenté mirar mi vida con una perspectiva diferente.

Mayo 24, de 2008, intentar dormir era una pérdida de tiempo. Me levanté de mi cama, y caminé a la sala para distraerme del dolor. Me preparé desayuno para alentarme, pero nada podía borrar las memorias agonizantes. Nada podía hacerme olvidar que era miserable, e inservible.

Mientras comía mi comida, unos ruidos en la parte de afuera de la casa tomaron mi atención. Nunca estaba despierto a esa hora de la mañana, así que no reconocí el ruido del repartidor de periódicos. Mis ojos fueron esclavizados por el título de la página de al frente. Dicho título es recordado hasta el día de hoy, "Tres personas mueren en accidente de tránsito fatal."

Suspiré fuertemente al realizar que todas las historias dentro del periódico eran tristes. El mundo no es nada más que una tragedia Griega. Continué viendo las diferentes páginas en un intento de encontrar algo feliz. Mis oídos me distrajeron cuando escucharon que una noticia gritara mi nombre, "Joven adolescente se suicida."

Captivado por el título de la noticia, reposé el periódico en la mesa, y comencé a leerlo. "Joven adolescente de quince años de edad, fue encontrado en el jardín ahorcado. La madre dice que no se lo esperaba. Él se veía bien. La madre fue tan amable, que nos dejó publicar su nota de suicidio."

"Hago esto porque todo está perdido. Ya no quedan esperanzas para este mundo. Sólo quiero acabar con todo. No puedo aguantar el diario recuerdo de un acto tan horrible. Un año ha

CHRISTOPHER A. FIGUEROA

pasado desde que fui violado por el sacerdote de mi escuela. Nunca se hizo justicia. Mamá, te amo con todo mi corazón. Esto no es tu culpa. Ahora que no estoy, deberías vivir tu vida a lo máximo. No pierdas tu tiempo conmigo. Aterrorizado por sentimientos de horror, y vergüenza, tomo control sobre mi vida para no convertirme algún día en un monstruo cómo él.

Con dolor, y angustia, Kevin."

Mi mundo comenzó a dar vueltas rápidamente. Mis emociones tomaron control sobre mi cuerpo. Mis manos templaban, y el periódico se cayó al suelo. No podía creer que me había olvidado de Kevin. Él había pasado por lo mismo que yo, si no peor. ¿Por qué no lo ayudé? ¿Por qué soy tan egoísta? Pude haber prevenido todo esto. Kevin todavía estuviese vivo. No podía parar de gritar, y culparme por la muerte del.

Ahí estaba. Exactamente lo que necesitaba para que mi cumpleaños se pusiese peor. Nada como un cuchillo afilado directo al corazón para alegrarte el día.

Me senté en la esquina de la casa, repitiéndome una, y otra vez, "Esto es mi culpa."

Sabía que era inútil, y patético. Todo lo que necesitaba era la muerte de Kevin para reforzar mis pensamientos. Mis gritos levantaron a la mamá de Chris. Ella corrió hacia mí, para ver que sucedía. Yo estaba sentado en la esquina con mis rodillas en el pecho.

"Bruce, ¿estás bien?" me preguntó, "¿Qué te sucede? ¡Háblame cariño!

Levanté mi cabeza de mis rodillas, y le dije, "Algo sucedió en el día de mi cumpleaños que no deseo recordar. Pero mi cerebro tiene otros planes. Se sigue repitiendo dentro de mi cabeza, como un disco rayado. Esta mañana decidí leer el periódico para

AFLICCIÓN DE ROSA

distraerme, pero leí algo horrible. El día en que el sacerdote de mi escuela intentó violarme, él violó a otro niño. Su nombre era Kevin. Él se suicido anoche. ¡La culpa es mía! ¡Soy tan estúpido!"

Me interrumpió con un abrazo muy fuerte, y comenzó a decirme en una voz muy alta, "¡No, Bruce! ¡Nada de eso es tu culpa! ¡Nada! ¿Me oyes?"

La abracé muy fuerte intentando detener las lágrimas inevitables. ¡Era mi cumpleaños! ¿Por qué tenía que estar maldito por el resto de mi vida? Mis emociones me seguían decayendo. No tenía control sobre lo que sentía.

Esa noche, no me sentía suficientemente feliz como para celebrar. Decidí irme a dormir temprano, me sentía cansado. Alrededor de las tres de la madrugada, me levanté. Todos estaban durmiendo, así que tenía que encontrar algo para gastar tiempo. Le di un beso en el cachete a Chris, y caminé al baño.

Mientras estaba parado al frente del espejo, no pude evitar ver el reflejo de un niño adolorido. Las memorias de mi padre comenzaron a repetirse dentro de mi mente, y mis ojos se aguaron. Intenté mantener la cordura. No podía aguantarlo más. Canalicé mi coraje por mis puños, y comencé a golpear el gabinete de medicinas con toda la fuerza que podía producir.

Cientos de pastillas llovían del gabinete. Los pedazos de espejo caían de mis nudillos como cometas. Miré hacia abajo, y noté que estaba sangrando fuertemente. De alguna manera, no sentía dolor. Mientras me detuve a pelear con las emociones que pasaban por mi cabeza, experimenté las cinco etapas del duelo.

Número 1: Negación

No quería aceptar que mi vida no tenía valor. Todo era una pérdida de tiempo. Abrí el grifo para lavarme las manos. No quería manchar la alfombra con sangre. Mientras trataba de parar el sangrado, seguía pensando acerca de mi vida, y cómo todo sería mucho mejor si me suicidaba. Una pequeña voz suspiró levemente en mi oído. Me decía que me matara, pero mi mente no lo quería aceptar.

Número 2: Ira

Agarré la botella de alcohol, y la arrojé contra el suelo. Intentando borrar las memorias horribles, comencé a pegarle a la pared de losetas. El coraje dentro de mí crecía más grande por cada segundo que pasaba. La adrenalina en mi cuerpo corría por mis venas, disipando el dolor. Mis manos se entumecieron. De repente, el leve sangrado de mis nudillos se convirtió en un río sangriento.

Número 3: Negociación

Comencé a decirme a mí mismo, que tal vez si iba a más sesiones de terapia, podría mejorar. Tal vez si me comprometía, y nunca repetía el mismo error, podía aprender de mi pasado, y encontrar esperanza. No había nadie con quien negociar por mi vida. Estaba solo. Nadie podía escuchar mis gritos por ayuda. Necesitaba misericordia.

Número 4: Depresión

Mi vida se transformaba en algo inútil, y sin sentido. No podía aguantar mi reflejo en los pedazos de espejo en el lavamanos. Lloré lentamente cuando me di cuenta que por esta vida, no valía la pena luchar. Si me suicidaba, nadie me extrañaría. Sólo tenía que convencerme a rendirme.

Número 5: Aceptación

Mi muerte no cambiaría nada. Podía morirme en ese mismo momento, y el mundo continuaría dando vueltas. ¿Para qué

AFLICCIÓN DE ROSA

gastar el tiempo de los demás, cuando puedo terminar con todo ahora? Mientras aceptaba la realidad, descubrí que todos los días las personas mueren, y nada cambia. Mi vida no me ha traído nada más que dolor, y sufrimiento. Tenía que aceptar que todo sería mejor si me mataba.

Después de lidiar con las cinco etapas del duelo, decidí que era todo verdad. Agarré las pastillas del lavamanos, y las metí todas en mi boca. El sabor era horrible, pero fácil de ignorar. Un sentimiento de felicidad creció dentro de mí cuando pensé que todo terminaría. Agarré el vaso de cristal, y lo llené de agua. Llevándolo a mi boca, bebí, y tragué todas las pastillas.

Intentando pelear con las nauseas, mi estómago comenzó a retumbar. Se sentía como si me estuviesen apuñalando repetitivamente. Mi cuerpo entero comenzó a temblar como un ataque epiléptico. En ese preciso momento, supe que iba a morir. No tenía mucho tiempo. Corrí al cuarto de Chris, y lo levanté con un beso. Él se levantó asustado, y me miró atemorizado cuando comencé a temblar, y a espumear por la boca.

Antes de que me desmayara, escuché a Chris gritar, "¿Bruce? ¿Bruce? ¿Qué diablos te pasó? ¡Bruce! ¡Despierta! ¡Mamá! Ven rápido. ¡Avanza! Bruce, no te mueras, por favor. ¡Te amo! ¡Aguanta, por favor! ¡Mamá! Llama al 911."

Lo último que recuerdo de esa noche, fue la cara de Chris llorando, y sufriendo encima de mi cuerpo. Sus lágrimas llovían sobre mí. La grandeza de mi error cayó encima de mí. Era demasiado tarde para ir hacia atrás.

CHRISTOPHER A. FIGUEROA

10 PRESO DENTRO DE MI CUERPO

Mientras la mamá de Chris le hacía respiración emergente a mi cuerpo inmóvil, yo seguía yendo, y viniendo fuera de la realidad. Mis sentidos no estaban completamente activos. Podía escuchar gritos, y llantos mientras la ambulancia llegaba. Chris les gritaba que avanzaran, y me seguía repitiendo cuanto me amaba. Me acariciaba el pelo, intentando hacer todo mejor. No era tan fácil. Yo me había causado una sobredosis de medicinas, intentando terminar con mi vida. No había regresión.

Los paramédicos corrieron por la puerta de al frente, y me llevaron en la camilla. Mi memoria no es precisa porque me desmayé cuando salíamos de la casa. El único momento en el que abrí mis ojos, fue adentro del hospital. Mis ojos fueron cegados por cientos de luces brillantes mientras corríamos por los pasillos del hospital. Vi a Chris corriendo a mi lado, agarraba mi mano con mucha fuerza. Aunque sus palabras eran secuestradas por el viento, él seguía repitiéndome que todo estaría bien, que no me rindiera.

Llegamos a las puertas de la sala de emergencia, y Chris tuvo que quedarse atrás en la sala de espera. Mis pulmones se apretaron. Mi respiración se convirtió en un desafío. Los doctores me

AFLICCIÓN DE ROSA

aplicaron una máscara de oxigeno. Mi mente no se enfocaba en el dolor físico, pero en el grandioso peso de las consecuencias de mis acciones. Lleno de tristeza, y preocupación, mis ojos se cerraron, y me desconecté lentamente de la realidad.

Mis ojos se abrieron suavemente. Noté que estaba en mi antiguo dormitorio. Mis ojos tenían que estar engañándome. Froté mis manos al frente de mi cara, pero todo seguía pareciendo irreal. Me paré de mi cama, y vi que mi cuarto era muy diferente a mis recuerdos. Ya no era embotado, ni aburrido, pero creativo, y bonito. Las paredes estaban pintadas de azul clarito, y carteles de cantantes, y artistas. Sorprendentemente, un olor dulce sojuzgó mi nariz, y levantó mi curiosidad hacia el mundo exterior. Di un paso fuera de mi cuarto, y bajé las escaleras.

"Buenos días, Bruce." me dijo mi padre. "¿Dormiste bien?"

Me detuve atónito. Mi padre nunca me había hablado para otra cosa que no fuese un insulto. Mi confusión se convirtió en felicidad cuando di el último paso en las escaleras, y vi que teníamos un piso. No había latas de cerveza. La casa olía dulce, como una repostería. Después de unos momentos, le respondí, "Buenos días…"

Él cabeceó con una sonrisa, y me dijo, "Ven, come tu desayuno antes de que se enfríe."

Aunque yo no podía entender lo que estaba sucediendo, me gustaba. Me senté en la mesa, y comencé a comer mi desayuno muy feliz. Mi madre rápidamente corrió detrás de mí, y me abrazo muy fuertemente.

"Buenos días, Bruce." me dijo. "Hice pastelitos. ¡Saben increíble!"

¿Pastelitos? pensé. La realidad se sentía cada vez más como un sueño. Subí a mi cuarto para cambiarme de ropa. Tenía que ir a la escuela. Abrí mi ropero, y vi que ya no tenía ropa horrenda. Tenía ropa que de verdad me gustaba. Mientras más tiempo pasaba, más irreal se sentía todo.

Mi fantasía de mi familia perfecta se detuvo cuando rápidamente fui levantado por el pitido chirriante de mi monitor cardiaco. Desde el fondo del cuarto, escuché una voz femenina decir, "Buen trabajo. Está estable."

Caí en cuenta que lo que había vivido había sido un sueño. Podía sentir mi corazón bombeando sangre por mis venas. Podía sentir el aire entrar, y salir de mis pulmones. Ahora que lo pienso mejor, podía sentir todo lo que le sucedía a mi cuerpo, pero no podía abrir mis ojos, ni moverme. No tenía sentido de tiempo, ni espacio. Unas personas entraron a mi habitación. En una voz muy baja, pero firme, el doctor dijo, "Srta. Williams, lamento decirle que su hijo está en un estado vegetativo. Las medicinas le causaron daño cerebral. Lamento decirle esto, pero hay un chance de que nunca se levante."

Escuché pasos desaparecer en la distancia, mientras una mujer corrió hacia mi cama, y comenzó a llorar encima de mi cuerpo. Me seguía diciendo repetidamente, "Bruce, si me puedes escuchar, perdóname. ¡Te amo! Por favor, despierta."

Mi cerebro fue abrumado rápidamente con sentimientos de tristeza, pero no podía llorar. Ni si quiera me podía mover. Seguía intentando gritarles que yo estaba ahí. Que los podía escuchar. Sólo quería decirles cuanto lamentaba mis acciones. Pero no podía...

Nadie podía escuchar mis llantos por ayuda. El olor de la mujer se quedó en mi cuarto por mucho tiempo. Se sentía eterno. Yo no sabía si había pasado una hora, o un día. Mientras escuchaba los pasos de mi madre rondar por el pasillo, alguien abrió la puerta. Siempre que la enfermera entraba a mi cuarto, me decía, "Hola, Sr. Williams."

AFLICCIÓN DE ROSA

A veces me daba más medicina. A veces cambiaba mis bolsas. Cuando no había nadie más para hacerlo, me bañaba con una esponja. Todo se sentía surreal. Esta era la primera vez que yo quería que el tiempo pasara volando. Quería levantarme, pero no tenía control sobre mi cuerpo. No pensé que era posible ser miserable cuando uno estaba medio muerto, y en coma, pero pensé mal. Odiaba estar dormido, y despierto a la misma vez, pero honestamente, ya no podía distinguir la diferencia entre lo que era real, y lo que no.

Un día, abrí mis ojos, y estaba conduciendo un carro. Mi visión estaba nublada, y apestaba a alcohol. No tenía control sobre mi destino. Mis ojos comenzaron a cerrarse, pero de alguna manera, me mantuve despierto. Peleaba con el deseo de vomitar. Miré el velocímetro, y estaba yendo a más de setentaicinco millas por hora. Seguía intentando pegarle al freno, pero no había pedal. En pánico, intenté abrir la puerta, pero tampoco había manija en la puerta. El semáforo al frente de mi vehículo se puso rojo. Intenté parar una vez más, pero era imposible.

Antes de que lo supiese, impacté un vehículo blanco. Mi cara golpeó el parabrisas, y mi ventana lateral explotó en pedacitos. Los vidrios volaron por doquier, y aruñaron mi cara. El otro carro dio vueltas fuera de control. Yo podía ver a las personas adentro gritando por ayuda. De repente, su carro golpeó una pared, y se detuvo. No sabía si seguían con vida. Me salí de mi carro lo más rápido que pude. Vi a un hombre conduciendo, una mujer en el asiento de pasajero, y dos niños en la parte de atrás. Ninguno se movía. Me acerqué un poco más. La confusión tomó control sobre mí, y me tumbó al suelo. Comencé a llorar cuando vi que la familia que estaba adentro del vehículo, era la familia de la Srta. Anderson. Había matado su familia. Yo seguía pidiendo ayuda, pero nadie me escuchaba. Parecía demasiado real como para ser un sueño. Me sentí responsable.

CHRISTOPHER A. FIGUEROA

Fui despertado de mi sueño cuando la enfermera daba su ronda diaria, "Hola, Sr. Williams." Después de unos segundos, la escuché decir algo inusual, "Buenas tardes, señor."

Escuché una voz familiar que no había escuchado en mucho tiempo. "Buenas tardes." Chris le dijo. Nunca pensé que extrañaría tanto el sonido de su voz. Era tan calmante. Por lo menos tenía a alguien con esperanzas al lado mío. Alguien que pensaba que algún día, yo despertaría.

Su voz seria ligeramente se transformó en una voz triste, y deprimida. Se pegó a mi cama un poco más, y me dijo, "Bruce, no sé si me puedes escuchar, pero te amo. Por favor, despierta. ¿Por qué hiciste esto? ¿Por qué no me hablaste? Te pude haber ayudado. Esto es culpa mía. Te debí haber apoyado mejor. Soy tan inútil. Debí haberme quedado contigo en tu cumpleaños. Yo sabía cuan dolorosa era esa fecha para ti. ¿Por qué no te ayudé, Bruce? ¡Contéstame!"

Sus lágrimas caían encima de mi pecho, mientras él se recostaba encima de mí. Mi cerebro intentaba decirle que no era su culpa. ¡Intentaba gritar que estaba presente! ¡Que no se preocupara! Intentaba decirle que no cometiera el mismo error que yo cometí.

Arruiné sus vidas de igual forma que yo arruiné la mía. Se veían forzados a visitarme todos los días. Intenté mover mi cuerpo. Era fútil. Yo no era nada más que sangre, piel, y huesos. Sólo esperaba que no desconectaran la máquina.

Chris se paró de su silla, y me dio un beso en el cachete antes de irse. Acarició mi rostro, y se fue. No podía ver, saborear, o moverme, pero podía oler, y escuchar todo lo que sucedía alrededor mío. Dicen que cuando uno de tus sentidos se apaga, los demás trabajan extra. Creo que esa era la situación, porque podía oler la colonia de Chris aunque él estaba al final del pasillo.

AFLICCIÓN DE ROSA

Mientras el tiempo volaba sin que yo lo supiese, mi mente se sintió cansada, y quería dormir. Sentí cuando mi mente se resbalaba de la realidad.

Cuando abrí mis ojos, estaba sentado en un jardín. Estaba rodeado por el verde follaje. El aire olía húmedo. Era muy relajante. Intenté caminar por el jardín, pero no podía ver nada. El lugar estaba rodeado por una neblina muy densa.

Di un paso hacia el frente, y una brisa cautelosa rosó mi brazo. Estaba tan fría, que levanto cada uno de los pelos en mi cuerpo. Me moví lentamente por el bello jardín. Mientras daba unos pasos, me tropecé, y caí al suelo. Cuando me estaba poniendo de pie, sacudí la tierra de mi camisa. Volteé mi cabeza para ver que me había tropezado. Froté mis ojos, y vi que me había tropezado con una lápida.

Me moví hacia delante, y leí lo que decía en shock. "En dulce memoria del amado Kevin Peters, 1993-2008."

Sentimientos de miedo inundaron mi cabeza. Algo me decía que no continuara, pero no tenía otra opción. La curiosidad me estaba matando. Mientras más lejos intentaba ver, más densa era la neblina.

Decidí seguir caminando hacia el centro de la neblina. Tenía que saber exactamente donde estaba yo. Paso a paso, caminé hacia el centro del cementerio. Empecé a escuchar voces. Algo me seguía diciendo que parara, que virara. No me podía ir. Estaba demasiado cerca como para detenerme.

Pude ver unas personas vestidas de negro. Lloraban sobre un ataúd. Era el ataúd más lindo que había visto en mi vida. Estaba hecho de la madera más cara de la tierra. Había un sacerdote hablando por un micrófono. No podía escuchar lo que decía. Me acerqué un poco más. Cuando estaba un poco más cerca, me di cuenta que el gentío era mi familia. Reconocí a mi madre primero. Parado al lado de ella estaba Chris, su mamá a su lado, y por último, la Srta. Anderson.

"Estamos aquí hoy, para brindarle eterno descanso a la alma de Bruce. Él era muy joven, sólo quince años de edad, pero vivió una vida dura. Su dolor era inmenso, pero ahora está en las manos del Señor. Ya no sufrirá. El Señor lo tomará en su reino, y le dará la salvación eterna. Después de todas las pruebas que Dios le puso en su camino, Bruce enseñó coraje, valentía, y paciencia. Aunque haya tomado la salida del débil, el Señor lo perdona, porque el amor de Dios es eterno."

El sacerdote se salió del podio. Mi madre subió las escaleras. Secando sus lágrimas, respiró profundo, y agarró el micrófono.

"Sé…" ella dijo, "que no somos muchas personas, pero les quiero dar las gracias a todos por venir. Cada una de las personas que están presente, influenciaron en la vida de Bruce de una manera positiva. Sin ustedes, se hubiese ido mucho más temprano. Sólo quiero que sepan, esto no es culpa de alguien. Él nos amaba. Él no quería que sufriéramos. El suicidio era la única forma que él veía para liberarnos. Para él, esa era la única opción…"

Unos minutos silenciosos pasaron, y mi madre lloraba sin cesar. No pudo aguantar más. Se movió bruscamente, y corrió hacia el ataúd. Con una voz muy alta, gritó, "¡Bruce! ¡Te amo! ¿Por qué me abandonaste?"

En ese momento, realicé que ya no estaba soñando. Había alguien en mi cuarto gritando mi nombre. Pasé un poco de trabajo para registrar su voz. Era la Srta. Johnson, la mamá de Chris. Sus gritos se detuvieron. Comenzó a hablar en una voz muy suave.

"Bruce, no estoy segura si me puedes escuchar, pero por favor, despierta. ¿Por qué hiciste esto? ¡El suicidio no es la salida! ¿Por

AFLICCIÓN DE ROSA

qué no te pude detener? Esto es mi culpa. Lo siento tanto. Te amo como mi propio hijo. ¡Despierta! ¡Por favor, despierta!"

Ella agarró mi mano muy gentilmente, y lloró sobre el borde de mi cama. Escuché mientras ella lloraba sin consuelo, y no podía hacer nada para ayudarle. Después de unos segundos, paró de llorar, y me dijo, "Bruce, si nos puedes escuchar, quiero decirte que te amamos, y te extrañamos."

El olor de su perfume se borró lentamente, mientras escuché el sonido de sus tacones retumbando por los pasillos del hospital. Hasta ese día, no había notado cuán fastidioso era el sonido de mi monitor cardiaco. Cada una de las visitas apuñalaba mi corazón profundamente. Eran beneficiosas, porque me daban esperanza, pero me hacían sentir cuan dolorosa era la situación de mi familia.

No sabía cuánto tiempo había pasado, pero en mi cabeza, se sentía eterno. Los minutos parecían horas, las horas parecían días, los días parecían semanas, las semanas parecían meses, y los meses parecían años. Todos los días escuchaba las mismas personas entrar en mi cuarto, y hacer sus rutinas diarias. Hacían experimentos para ver si había mejorado. Los oía hablar, llorar, chismear. Tristemente, escuchar era todo lo que podía hacer.

Mi mente se cansó una vez más, y todo parecía insignificante. Por primera vez en mucho tiempo, quiero dormirme. Mi mente se ennegreció, y la próxima vez que abrí mis ojos, estaba encima de una roca. Apestaba a animales muertos. La tierra estaba sucia, y las plantas se ausentaban. Sentí el calor del sol quemar mi piel. Rápidamente me di cuenta que estaba en un desierto.

Me paré lentamente. Era muy difícil abrir mis ojos. La arena aruñaba mis ojos mientras los frotaba. Me quité mi camisa, y la amarré alrededor de mi cabeza para detener la arena. El calor estaba empezando a torturarme. Cada paso que daba, agotaba más mis energías. Caí al suelo cansado. Mi garganta estaba seca. No había ningún tipo de agua cerca.

Miré al cielo. No había esperanzas de lluvia. Las nubes se escondían. El sol se paraba orgulloso. Se reía de mí, mientras me abofeteaba con su calor ofensivo. Una vez más, miré al cielo, y vi a los buitres circulándome. Esperaban a que me muriera para poder comerme. Esa batalla, no la perdería.

No sé de dónde saqué energías para continuar. Me paré del suelo, y seguí caminando. Ni la arena, ni el calor eran fácil de lidiar, pero algo me decía que continuara. Paso a paso, me acercaba a mi destino. Aunque no supiese exactamente cuál era.

Alcé mi vista del suelo, y noté la silueta de un hombre a lo lejos. En ese preciso momento, su identidad se convirtió en mi nuevo objetivo. Lleno de curiosidad, seguí caminando hacia el frente. Intentaba ignorar el dolor. Los obstáculos en mi camino se convirtieron insignificantes, estaba determinado a cruzar el desierto. La sombra del hombre no parecía acercarse.

No podía aguantar no saber quien era esa silueta. Comencé a correr hacia el hombre misterioso. La distancia comenzó a restarse. Mientras me pegaba más, y más, me di cuenta que la silueta, era Chris. Estaba parado en el borde del precipicio, y planeaba en brincar.

Aceleré el paso, y corrí lo más rápido que mis piernas podían producir. No parecía ser suficiente. Comencé a gritar su nombre, "¡Chris! ¡Chris! ¡No lo hagas, por favor! ¡Chris!"

No me respondió. De alguna manera, no me escuchaba. Me acerqué un poco más. Estaba a menos de un pie de tirarse.

Mis preocupaciones tomaron control sobre mí, comencé a gritar una vez más, "¡Chris, por favor, no lo hagas! ¡Te lo ruego! ¡Te Amo! ¡Para!"

AFLICCIÓN DE ROSA

Paré de correr cuando estaba cerca del. Podía oler su colonia. Me miró directo a los ojos, sonrió, y brincó. Corrí detrás del, pero era demasiado tarde. Sólo podía pararme ahí, y verlo caer. Rápidamente sentí que estaba solo. Era inútil. Lleno de culpa, y desespero comencé a gritar de rodillas, "¡No, Chris! ¡Te Amo! ¿Por qué hiciste esto?"

Mientras paraba de llorar, me acosté en el suelo. Pensé que mi vida ya no tenía valor. Después de haber perdido la persona que más amo en el mundo, todo parecía perdido. Me paré en el borde de la piedra, y miré al abismo. Cuando estaba a punto de dar un paso hacia la perdición, me levantó una voz masculina.

"Hola, Bruce." Chris dijo, "Te amo."

Hubo unos momentos silenciosos. No sabía si se había ido, o si seguía ahí. Agarró mi mano, y la apretó con su mejilla. Le dio un beso, y la puso otra vez a mi lado. De una forma muy amorosa, acarició mi cabello, y besó mis labios. Sus labios estaban fríos, y secos.

Comenzó a llorar. Lo escuché respirar profundo.

"Bruce…" él dijo, "despierta, por favor. Te amo, y te extraño. Extraño tu sonrisa, extraño tus bellos ojos. Extraño tu dulce voz. Te extraño completamente. Por favor, despierta."

El silencio cubrió el cuarto, mientras una lágrima fría se deslizó por mi rostro. Chris suspiró, y gritó, "¡Doctor! Doctor, venga rápido. ¡Está llorando! ¡Está llorando!"

Escuché muchos pasos corriendo por los pasillos. Muchas personas entraron a mi cuarto. El doctor tocó mi cuerpo, y movió todos los cables, y tubos conectados a mí.

CHRISTOPHER A. FIGUEROA

"Esto es increíble…" dijo. "Si él está llorando, significa que está vivo. Su cuerpo no funciona, pero su mente está perfectamente bien. Bruce, si nos puedes escuchar, sigue luchando, hijo mío. Estamos haciendo lo mejor que podemos."

Escuché a Chris haciendo una llamada. No sé por qué, pero esa simple lágrima, cambió las cosas completamente. Los llenó de esperanzas. Me imagino que ellos pensaban que yo despertaría algún día, pero no tenían pruebas.

En mi mente, pareció que los días pasaban, y no estaba solo ni un momento. Siempre había alguien en mi cuarto. A veces era familia, a veces eran empleados del hospital, pero nunca estaba solo.

No puedo decir exactamente en cual, pero uno de esos días, mi familia completa estaba en el cuarto. Podía escucharlos hablando entre sí acerca de sus vidas. Oí a mi madre decir que encontró un trabajo en una compañía de limpieza para poder ayudar.

"Miriam, no tienes que trabajar." dijo la mamá de Chris. "No te preocupes, yo puedo pagar por todo. Somos sólo nosotros cuatro."

Mi madre la interrumpió, y dijo, "Lo sé, pero sólo quiero ayudarte a pagar los gastos del hospital. Mantener a Bruce vivo todo este tiempo, no sale barato. Todavía tengo esperanzas que se despertará algún día. Él sabe que lo amamos."

Mi madre paró de hablar, y comenzó a llorar. Escuché a todas las personas dentro de mi cuarto intentando calmarla. Chris caminó a mi cama, besó mi mejilla, y acarició mi cabello como siempre lo hacía. Después de unos momentos, olí una fragancia que no había olido en mucho tiempo. Se me hizo un poco difícil reconocer su perfume. Era alguien familiar.

AFLICCIÓN DE ROSA

El olor se acercó más, y más. Se paró al lado mío. Agarró mi mano, y la presionó contra su pecho. No fue hasta que la persona habló, que pude reconocer quien era. "Hola, Bruce" dijo la Srta. Anderson. "Lamento no haber venido a visitarte por tanto tiempo. Tenía que prepararme para poder verte así." Se mantuvo callada por unos segundos. Su voz perdió firmeza. Se puso triste, y suavizada. "¿Bruce, por qué no me llamaste? Esto es culpa mía. Soy tu psicóloga. ¿Cómo no me di cuenta de lo que te pasaba?"

Todos en el cuarto corrieron detrás de la Srta. Anderson mientras corría fuera de la habitación. Un olor más familiar entró al cuarto. "Hola, Sr. Williams."

Ella agarró el tubo conectado a mi brazo, e inyectó algún tipo de medicina. De repente, mi cuerpo se sintió vivo. Podía sentir mi presión sanguínea subir hasta el máximo. Mis ojos se abrieron. Me miré a mi mismo, y vi todos los cables, y tubos conectados a mí. Mis manos comenzaron a desconectar los tubos en mi brazo. Luego mi estómago, y mi cuerpo. Ignoré todo el dolor que mi cerebro dictaba. La sangre salía de todos los orificios. Finalmente, saqué el tubo que estaba dentro de mi garganta, y me daba nauseas. Podía respirar.

El monitor cardiaco comenzó a sonar muy rápido. Me estaba volviendo loco. Mientras continuaba peleando con los cables, muchas personas entraron a mi cuarto para intentar controlarme. Era imposible. Dando puños, y patadas, continué a empujarlos. Tenía que desconectar todo para ser libre.

Grité fuertemente, como un soldado caído. Se sintió casi como una película, pero era todo muy real. Cuando había terminado de desconectar todos los cables, tres grandes hombres entraron al cuarto, y me aguantaron. Las enfermeras inyectaron algo en mi brazo. Mis ojos se sintieron cansados. Mi cabeza se cayó hacia atrás, y todo se puso negro.

CHRISTOPHER A. FIGUEROA

La próxima vez que abrí mis ojos, todos estaban parados al lado de mi cama. El doctor estaba explicándole a mi familia lo que había sucedido. Miré mi brazo, estaba lleno de cortadas, y gasas. No había sido un sueño.

El doctor me miró rápidamente, y dijo, "Hijo, la enfermera entró al cuarto equivocado. Se supone que esa medicina era para otro paciente. Fue como si tu cuerpo se hubiese reiniciado. Cuando te levantaste, obviamente estabas en shock. Tuvimos que aguantarte, y darte un sedativo para que te calmaras. Te monitorearemos por varios días, pero parece que estarás bien."

El doctor salió del cuarto. Mi familia corrió hacia mi cama con sonrisas muy grandes. Yo todavía estaba confundido. Les pregunté, "¿Por cuánto tiempo estuve fuera?"

Todos en el cuarto se miraron. Mantuvieron silencio. Chris me miró, y me dijo, "Bruce...estuviste en coma por un año."

Nadie movió un músculo, mientras dejaban que su respuesta se hundiera en mi cerebro. No me pareció como tanto tiempo. Intentaba reaccionar, pero mi mente no respondía. Un año pasó por mi lado, y ni si quiera lo noté. Pensé que habían sido varias semanas como máximo. Fui abrumado rápidamente por sentimientos de culpa. Me di cuenta cuán difícil tuvo que haber sido para mi familia verme así por un año completo.

Comencé a llorar, y mi madre corrió a mi lado. Me abrazó fuertemente, y me besó en la mejilla. "No te preocupes, Bruce." me dijo. "Sé que es fuerte, pero te ayudaremos a pasar por esto."

Sequé mis lágrimas, y sonreí. No sabía cómo responderles. Después de todo, era culpa mía. Si no me hubiese bebido esas pastillas, no estuviésemos en esa situación maldita.

AFLICCIÓN DE ROSA

Por la primera vez en mucho tiempo, odié al tiempo por pasar tan rápido. ¿Por qué el tiempo me jugó tan sucio? No podía lidiar con la gravedad de mi error. Me había perdido un año de mi vida. La paciencia no era una de mis fortalezas, pero tenía que desarrollarla.

CHRISTOPHER A. FIGUEROA

11 EN EL OJO DE LA TORMENTA

Marzo 28, de 2009, después de quedarme varias semanas en el hospital, los doctores determinaron que mi salud estaba suficientemente estable como para irme a mi hogar. Algo cambió dentro de la casa de Chris. No podía descifrar exactamente qué. Después de tanto tiempo, Chris había comenzado a crecer una barba muy bonita. Me encantaba. Se veía más masculino.

Desde que salimos del hospital tenía muchas ganas de ir al baño, estaba desesperado por llegar a casa. Tan pronto di un paso adentro del baño, noté que habían reconstruido lo que yo había destruido con mis propias manos. Memorias de esa noche corrieron por mi cabeza. Me lavé la cara. Volví a la realidad, y miré mis nudillos. Estaban llenos de cicatrices. Un recuerdo permanente de mi gran error.

Me calmé un poco, y decidí bajar las escaleras para ver a mi familia. Estaba a punto de bajar el último escalón, cuando vi que mi familia estaba reunida en nuestra sala. Mi mamá me miró, y me dijo, "Bruce, cuando estés listo, queremos hablar contigo."

AFLICCIÓN DE ROSA

Alcé mi vista del suelo, y cabeceé en aprobación. La vergüenza era demasiada. Necesitaría tiempo para prepararme. Ese tema sería difícil. Dentro de mi cuarto, me senté en mi cama, y miré el techo. Necesitaba silencio. Intenté imaginarme una solución, pero todas mis decisiones llegaban al mismo lugar. Mis pensamientos fueron interrumpidos cuando Chris entró a la habitación. Tenía una media sonrisa en su cara.

Mientras estaba sentado en mi cama acariciando su barbilla, le di un beso en la mejilla, y le pregunté, "¿Qué me perdí?"

Se rió sarcásticamente, y me contestó, "Bueno, un año es mucho tiempo. Pero creo que comenzaré por las cosas más importantes. Conseguí mi licencia de conducir. Tu mamá consiguió un trabajo en una compañía de limpieza. Oh, y los Lakers ganaron el campeonato."

Lo interrumpí con un beso, y le dije, "Sabes qué, no importa. Lo más importante es que estoy aquí ahora, y perdí un año de tu compañía. Necesito aprovechar el tiempo que tengo ahora contigo. Oh, antes que se me olvide, tu barbita es tan sexy."

Me dio un beso, y se mantuvo callado. Estar en coma por tanto tiempo me hizo entender, que no sólo estaba hiriéndome a mí mismo, pero también hiriendo a mi familia. No los voy a hacer pasar por eso otra vez. Las circunstancias nunca me harán cambiar de opinión.

Marzo 29, de 2009, hice una cita con la Srta. Anderson para el día después, y no podía esperar. Tenía muchas ganas de verla, y hablar de lo que sea. Como si fuese un dibujo en la arena, quería que la marea viniera, y borrara todo de mi memoria.

En la tarde, hablé con mi mamá acerca de la escuela. Si quería volver, tenía que esperar a Agosto del próximo año. Sería humillado cuando me pusieran en el mismo grado que estaba antes. Finalmente, vinimos a uno decisión muy difícil.

CHRISTOPHER A. FIGUEROA

Esperaríamos un año escolar más, para que no fuese tan difícil para mí. Sería tan humillante entrar a la escuela, y ver a mis viejos compañeros graduarse, y yo atrasado.

Esa noche, la mamá de Chris lo puso a vigilarme. Me dijo que durmiera en su cuarto para que me pudiesen supervisar. Ya no me sentía suicida, pero no los culpo. Sé que estaban preocupados. Después de un año en coma, dormir al lado de Chris se sintió mágico. Por la primera vez en mucho tiempo, pude dormir en paz.

Marzo 30, de 2009, me levanté recargado, feliz, y lleno de esperanzas. Estaba vivo, eso era suficiente para mantenerme animado. Después de haber vivido por un evento tan dramático, tenía que hacer lo mejor que podía. Aunque no supiese cómo. Me comí mi desayuno rápidamente. Necesitaba continuar con mi día. Extrañaba tanto la comida hogareña. Me sentía insaciable.

La Srta. Anderson me llamó a mi celular para decirme que me estaría buscando después que ella saliera de la escuela. Aunque yo no sabía que sucedería en esa sesión, estaba ansioso de que llegara.

Varias horas pasaron, y la Srta. Anderson llegó a mi casa. Vi que aunque había pasado un año, ella todavía conducía el mismo carro lujoso. Me monté en la silla del pasajero. Antes de que pudiese cerrar la puerta, la Srta. Anderson me abrazó, y me dijo, "Estoy tan feliz de que estés bien, Bruce. Fue muy doloroso para mí verte así."

La miré a los ojos, y bajé mi cabeza. El camino hacia su oficina parecía más largo que lo usual. Tal vez era por el estrés. Llegamos a su oficina, y la Srta. Anderson salió de su vehículo rápidamente. Forcejeando con sus llaves, abrió la puerta, y nos sentamos.

AFLICCIÓN DE ROSA

Hubo unos minutos silenciosos en los que no sabía si hablar, o mantenerme callado. Después de unos segundos, ella dijo, "Bueno, ¿cómo estás?"

Creo que ella estaba intentando romper el hielo, así que le contesté, "Estoy bien, ¿y usted?"

Me miró con una expresión seria. Sonrió levemente, y me dijo, "Bien, también. Gracias por preguntar. Cuando estés listo, comienza."

Suspiré fuertemente. Quería decirle todo, pero no sabía por dónde empezar. No era como si yo pudiese ponerlo todo en el pasado. Había convertido sus vidas en una miseria por un año completo. Un simple perdón, no cambiaría nada.

"¿Qué tal si comenzamos desde el principio?" le pregunté.

"Muy bien, Bruce." me dijo. "Empieza cuando quieras."

Pude notar en su rostro que estaba muy incómoda. Algo le molestaba, y yo sabía exactamente qué era.

"Srta. Anderson," dije en una voz muy fuerte, "lo siento. ¿Ok? Perdóneme por haberle hecho pasar algo tan doloroso. Fue estúpido. ¡Sé que una simple disculpa no es suficiente, pero es un comienzo!"

Me miró con una lágrima bajando por su mejilla. Se mantuvo callada. Agarró una servilleta, y me pasó una. Secando sus lágrimas, me dijo, "Está bien, Bruce. Hablemos de esto. Cuando quieras puedes continuar."

Ella había repetido la misma frase muchas veces, me comenzaba a irritar. No parecía muy importante al momento, así que lo dejé ir. Reposé mi cuerpo en el espaldar de la silla, y comencé a hablar, "Todo empezó en la mañana de mi cumpleaños. Estaba muy soleado, el aire estaba cálido, y cómodo. No pude dormir, así que me levanté de mi cama, y fui a la sala. Mientras cocinaba mi desayuno, llegó el periódico, y decidí leerlo. Ese día estaba muy deprimido. Como usted ya sabe, yo fui abusado sexualmente en el día de mi cumpleaños."

Mis palabras fueron interrumpidas por lágrimas, y respiración profunda. Aunque esta historia ya había sido contada antes, no cesaba de doler. Se sentía como si me estuviesen acuchillando. Respiré fuertemente, y continué con mi historia, "Comencé a leer el periódico, y mis ojos se pegaron a una de las noticias. Recuerdo exactamente que decía hasta el día de hoy. Joven adolescente se suicida. Leí la historia lentamente. Cuando estaba a punto de leerla completa, noté que la noticia incluía la nota de suicidio. Leí la nota, y me di cuenta que el joven era Kevin Peters. Él era quién se había suicidado."

La Srta. Anderson me interrumpió, y me preguntó, "¿Quién es Kevin?"

Secando mis lágrimas, respiré, y continué, "En la mañana de mi cumpleaños, yo fui a la casa del Padre Morgan para saludarlo. Mientras me acercaba, un joven salió corriendo. Lo reconocí poco después, como Kevin Peters, uno de mis compañeros. El estaba llorando, y no fue hasta después que deduje qué le sucedió. Me preocupé por él por mucho tiempo, pero al pasar de los años me olvidé completamente. Su suicidio fue lo que me recordó del. Tal vez si le hubiese hablado, él estuviese vivo. No puedo lidiar con el hecho de que yo pude haber prevenido todo esto."

La Srta. Anderson me miró, y dijo, "Bruce, nada de esto es culpa tuya. Todo en la vida tiene una consecuencia. Siempre nos preguntaremos como las cosas pudieran haber cambiado si hubiésemos hecho algo diferente. Pero la realidad es que no hay forma de saber."

AFLICCIÓN DE ROSA

No sé cómo ella suponía que sus palabras me consolaran. Pero de igual forma, tenía un punto muy válido.

"Después de leer el artículo, me sentí muy adolorido, y culpable. No podía parar de llorar. No pude dormir bien, y me desperté en el medio de la noche. Me sentí muy mal por todo. No sé por qué, pero algo me decía que mi suicidio arreglaría sus vidas. Como si todo fuese mejor sin mí."

"Bruce," la Srta. Anderson dijo, "suicidándote no ibas a solucionar nada. Cuando intentaste suicidarte, mataste un pequeño pedazo dentro de cada uno de nosotros. El dolor era insoportable. Cada minuto esperábamos a que cambiara algo, pero nada sucedía. No sabes cómo se sentía entrar a tu cuarto, y verte igual por un maldito año entero. Me rompía el corazón verte paralizado, y sin vida."

Me paré de mi silla, y le di un abrazo. En este punto, no sabía quién estaba tratando a quien. Yo le hablaba a ella como un paciente, pero ella me hablaba como una amiga. Creo que esa era nuestra forma de terapia única.

"Lo sé, y lo siento. Les pediré disculpas hasta el fin de los días, y no será suficiente. ¡Los hice pasar por un infierno, y lo siento! No pensé en lo que estaba haciendo. Pero tenemos que sobrellevar la situación. Tenemos que planear para el futuro. No podemos dejar que mi error nos controle."

Agarré una servilleta de su escritorio, y le sequé sus lágrimas. "Tú dices que yo no sé cómo yo me veía postrado en una cama, y tienes razón. Pero tú no sabes cómo se sentía estar paralizado, sin poder hablar, ni moverme, pero aun sentir todo lo que sucede alrededor tuyo. Podía escuchar sus conversaciones. Podía sentir a las enfermeras sacándome sangre. ¡Podía escuchar todo! ¡Pero no podía hacer nada más que eso! Se sentía horrible escucharlos a ustedes llorando, y culpándose encima de mi cuerpo casi muerto."

CHRISTOPHER A. FIGUEROA

Respiré profundo para calmarme. No fue suficiente. "Tú no sabes cómo se sentía escucharlos a ustedes culparse por algo que no tenía nada que ver con ustedes. No sabes cómo se sentía no tener alguna forma de comunicarme con ustedes. Todos los días los escuchaba llorar, y gritarme para que les diera alguna razón, pero yo no les podía contestar."

Ella me miró fijamente, y me preguntó, "Nos... ¿Nos podías escuchar?"

"Sí," le respondí, "podía escuchar todo lo que sucedía dentro de mi cuarto. Ustedes me hablaban todos los días, y esa fue la única cosa que me ayudó a mantenerme vivo. Si ustedes podían tener esperanzas, ¿por qué yo no? Cada minuto que pasaba, me preocupaba de qué podía suceder si desconectaban mi máquina. No saben la tortura que fue para mí no saber si había pasado un minuto, o un día. Cada lágrima que ustedes lloraban se sentía como una gota de acido cayendo sobre mi cuerpo Yo sé que los hice pasar por un infierno, y lo siento con toda mi alma."

La sesión se comenzó a convertir en una discusión. De alguna forma, era muy provechoso. El tiempo interrumpió nuestra sesión. La Srta. Anderson miró su reloj. Eran las siete de la noche. Ella me llevó a mi casa lo más rápido que pudo. Habíamos perdido la noción del tiempo.

Mientras intentaba entrar por la puerta de al frente, comencé a pensar. ¿Cómo podría mirar a mi familia a los ojos? Los hice pasar por algo irreversiblemente doloroso. No había forma de reconstruir lo que se tenía. No me quedaba otra opción. Tenía que hablarles de frente.

Me detuve lleno de miedo. Intenté acumular todas las fuerzas dentro de mí para poder hablarles de lo ocurrido. Me llené de tristeza. Mis ojos se aguaron. Seguía caminando de al frente, a atrás, repetidamente. Buscaba las palabras correctas para decir.

AFLICCIÓN DE ROSA

Parado al frente de ellos, decidí decir las primeras palabras que estaban en mi mente.

"Cuando estaba en coma," dije, "podía escucharlos a ustedes todos los días. Cada vez que ustedes entraban a mi cuarto, y lloraban sobre mí, la cantidad de culpa en mi cuerpo se multiplicaba. Cada vez que ustedes entraban en pánico a mi cuarto, y gritaban por una razón, yo intentaba contestarles, pero era inútil. Por favor, en lo que nos queda de vida, nunca se culpen por algo que yo haga. No puedo decir suficientes disculpas, como para hacerlos sentir mejor. Sólo quiero que sepan que lo siento con todo mi ser. No saben cuánto me arrepiento de haber cometido algo tan estúpido. Y mis palabras no son ni remotamente suficientes. Chris, mamá, Srta. Johnson, por favor, perdónenme. Esa noche no estaba pensando bien. ¡Perdónenme!"

La culpa dentro de mí, no se borraría nunca. No importaba cuantas veces pidiera perdón, siempre me perseguiría como una sombra. Esto no fue una tonta discusión que se podía barrer debajo de la alfombra. Había intentado matarme, y casi lo logré. Nunca se iría, no importaba cuán fuerte tratara. La confianza se había destrozado, y nunca se repararía.

Si hubiese cumplido mi deseo de suicidarme, mi familia se hubiese hecho pedazos. Chris lo más probable se hubiese suicidado poco después. Mi madre hubiese vuelto al alcoholismo. Y la mamá de Chris se hubiese quedado traumada por el resto de su vida. ¿Cómo pude hacerles algo tan horrible a las personas que quiero? ¿Cómo no me di cuenta que era un error?

Después de hablar con mi familia, me sentí horrible. Sólo quería ir a mi habitación, y dormir. Un año había pasado por mi lado sin que me diese cuenta. Si quería reponer el tiempo perdido, tenía que pensar rápido. Tenía que hacer lo mejor posible, para ser feliz.

CHRISTOPHER A. FIGUEROA

12 PELEANDO DEMONIOS INTERNOS

Julio 5, de 2009, varios meses pasaron desde que estuve en una coma. Todo se mantuvo igual. Mi suicidio fallido no estaba exactamente en el pasado. Ojalá hubiese sido así de fácil. Intentamos sobrepasar lo sucedido, pero las memorias del pasado nos asechaban.

Estaba disfrutándome un beso de mi amado novio, cuando él se despegó, y me dijo, "Sabes qué, Bruce, por todo este tiempo, he tenido esto dentro de mi pecho, y no te lo he podido decir. El beso que me diste en esa noche tan horrible, la noche de tu cumpleaños, se sintió como un puño al estómago. Me desperté en pánico. Te vi espumeando por la boca. ¡No sabía que carajos hacer! ¿Cómo me pudiste hacer algo tan horrible? ¡Sufrí por meses! No me vuelvas a hacer algo así. Me moriré si lo haces."

Lo miré a los ojos, y me sentí destrozado. Todo lo que él dijo era verdad. Intenté relajarme, y detener la culpa. Respiré profundamente, y le dije, "Bebé, no te preocupes. Discúlpame. Nunca te haré pasar por algo así. Te amo demasiado, y me di cuenta de la gravedad de mi error."

AFLICCIÓN DE ROSA

Él se sonrió. Me dio un abrazo, y me besó. Sus labios se sintieron tibios, y su nuevo pelo facial acariciaba mi rostro. Nuestros besos no se habían sentido tan perfectos, desde que nos conocimos. Esa noche no conllevó a más nada. No estaba listo para tener sexo, y estoy seguro que Chris tampoco.

Chris había terminado la escuela, ya que estábamos en verano. Yo estaba fuera de la escuela, pues… por lo obvio. La mamá de Chris seguía insistiendo que teníamos que salir de la casa. El aburrimiento era increíble. La transportación no era un problema. Chris tenía licencia, y carro. El único problema es que no sabíamos a donde ir.

Estábamos sentados en nuestro cuarto aburridos, hasta que Chris me miró, y me dijo, "Sabes, en la escuela escuché a dos compañeros hablar de un nuevo club que abrieron. Estaban diciendo cuan malo era, porque el club era de homosexuales. Ellos no son gay. Así que asumo que esa fue la razón por la que no les gustó. Se llama Lightning. Si quieres podemos ir a verlo."

Lo pensé por un momento. No me pareció mala idea. "Creo que no dolería echarle un vistazo. Necesitamos divertirnos."

Nos paramos de prisa, y buscaos ropa linda desesperadamente. Teníamos que vernos bien si queríamos entrar. Después de varios minutos, estábamos vestidos, y listos. Tan pronto que bajamos las escaleras, la mamá de Chris nos detuvo, y nos preguntó, "¿A dónde van?"

Nos paramos callados por un instante. Pensamos en una respuesta creíble. No le podíamos decir que íbamos a un club gay. "Este…", Chris dijo, "vamos a ver una película."

Ella nos miró seria, y nos dijo, "¿Cuál?"

"Vamos a ver Freedom. Una película acerca de unos jóvenes homosexuales, que viven en una sociedad que no los acepta."

CHRISTOPHER A. FIGUEROA

Ella nos miró, y levanto una ceja. "Mmm... Eso suena familiar."

Los dos nos reímos en voz baja mientras salíamos por la puerta principal. El carro de Chris no era el más lujoso, pero era suficiente para llevarnos a donde necesitábamos. De camino al club, mis manos no paraban de temblar. Estaba demasiado eufórico.

Llegamos a la entrada. Todo lo que podía ver era gente rica. Llegaban en vehículos carísimos. Se creían la última soda del desierto. El edificio era sorprendentemente grande. Tenía cientos de luces de neón deletreando su nombre Lightning. Desde afuera, el club se veía increíble. No podía esperar a entrar.

Había una fila increíble. "Chris," le dije calladamente, "¿cómo diablos propones que entremos?"

Él me miró a los ojos con la mirada más confusa que podía crear. "No tengo idea. Podemos intentar sobornar al guardia."

Lo miré sorprendido. "¿De dónde sacaremos el dinero?"

"Eso déjamelo a mí." me contestó.

No sé exactamente a qué se refería, pero no quería cuestionarlo. Nos tomó mucho tiempo hacer la fila. Cada rato venía una celebridad, y se colaba al frente de todos. Cuando llegamos a la puerta noté que el guardia era muy grande, y musculoso. No era mi tipo de gusto, pero los hombres grandes necesitan cariño también.

"¿Cuántos año tienen ustedes?" nos preguntó.

"Dieciocho." contesté.

AFLICCIÓN DE ROSA

El guardia se rió altamente, y nos dijo, "¿Dieciocho? Ustedes parecen de catorce."

Suspiré en frustración. "Chico, tenemos dieciséis. Sólo déjanos entrar. ¿Cuánto quieres?"

Pareció que se mantuvo pensativo por momento. Nos miró una vez más, y nos dijo, "Cincuenta dólares."

Chris sacó un billete de cien, y se lo entregó. El guardia sonrió con sus dientes extra blancos. Movió su mano para dejarnos entrar. Mientras entrabamos por las puertas, le pregunté a Chris, "¿De dónde sacaste tanto dinero?"

Me besó los labios, y me dijo con una sonrisa, "No te preocupes. Llevo ahorrando dinero desde hace mucho tiempo para una ocasión especial. Sólo vamos a divertirnos, nada más importa."

Cabeceé en aprobación, y entré al club. Nunca había ido a un club antes, pero sabía lo suficiente como para notar que este era uno muy especial. Estaba lleno de celebridades de la comunidad gay. La música tecno, y electro, estaban sonando al máximo. Había láser, humo, y luces fosforescentes, iluminando cada esquina del club. El humor del lugar era un poco obscuro, debido a que sus luces principales eran azules, y violetas. Dos o tres bombillas neón le daban un buen gusto de rojo, verde, amarillo, y rosado. Me sorprendió mucho que el club no olía a orín, ni alcohol. Era más como una mezcla de olores relajantes, perfumes, y colonias.

Entramos al centro del club, y comenzamos a bailar incontroladamente. La música tomó control de mi cuerpo completamente. Fue como si estuviese poseído. Continuamos bailando, y bailando a cada rugido de las bocinas. No hubo ningún momento de pausa. Pude ver cientos de hombres bailando, y tocándose unos a otros. En el medio de nuestro baile, un hombre con pelo largo, vestido en un traje altamente lujoso, caminó hacia las rejas del segundo piso.

Él agarró un micrófono, y gritó, "¿Están listos para divertirse?"

El grupo de personas comenzaron a brincar. Gritaban diferentes tipos de contestaciones. La mayoría gritaban en aprobación, mientras los demás sólo brincaban. El hombre peculiar agarró un plato redondo de cristal. El plato estaba lleno de pastillas de diferentes colores. Con sus manos llenas de pastillas, el hombre extraño comenzó a arrojarlas al grupo de hombres. Los hombres del público comenzaron a agarrarlas. Se las tragaban como si fuesen dulces. Sus pupilas se dilataron, y sus movimientos se volvieron más rápidos. Parecía que fueron inyectados con energía.

La música comenzó a tocar más rápido, y más fuerte por cada segundo que pasaba. El humor del club cambió drásticamente. Cambió de cientos de hombres bailando, a cientos de hombres besándose, y tocándose sexualmente.

Ver a todos esos hombres hizo que mi sangre corriera más rápido. Comencé a besar a Chris en el cuello, mientras él corría sus manos por mi cuerpo. Comenzamos a excitarnos cada vez más. La situación estaba escalándose demasiado rápido. Me despegué bruscamente. Me sentía incómodo. Fui a la barra, y me senté en una de las mesas. Mientras bajaba mi cabeza, noté una pequeña píldora en el suelo. La agarré. Era azul, y tenía un dibujo de una mariposa.

Decidimos comprar algo de beber antes de irnos a casa. No podíamos beber alcohol, así que ordenamos un jugo. La música estaba tan alta, que no podía escuchar nada. "¿Te estás divirtiendo?" le pregunté a Chris.

AFLICCIÓN DE ROSA

Chris se rió, y tomó un sorbo de su jugo. "¿Por qué no lo estaría? Este lugar es increíble. Sólo la gente más rica puede entrar. No sé cómo diablos entramos, pero me encantaría volver."

Mientras salíamos, vi a uno de los adolescentes de Hollywood. Él estaba en el area del VIP. Alzó su vista de la mesa, y me miró a los ojos por unos segundos. Él se volteó una vez más, y continuó con sus actividades previas. Agarré la mano de Chris, y lo halé levemente. Teníamos que irnos a nuestra casa.

Nos metimos al carro lo más rápido que pudimos. Estaríamos en líos cuando llegáramos. Era casi medianoche. Aunque no teníamos una hora exacta para llegar a casa, puedo asumir, que llegar de madrugada en la primera noche fuera, no era buena idea. Desataría demasiadas preocupaciones innecesarias.

Llegamos a casa en cómo cinco minutos. Chris estaba guiando peligrosamente rápido. Tuvimos suerte que los policías no nos detuvieron. Honestamente, odiaba los carros. Me daban mucho miedo. Cada vez que él conducía rápido, me recordaba del accidente de la Srta. Anderson.

Nos bajamos del carro, teníamos mucha prisa. Saqué las llaves de mi bolsillo para poder abrir la puerta. No importó cuán silencioso fuimos, nuestras madres estaban sentadas en el sofá esperándonos.

"Bienvenidos a casa, chicos." mi madre dijo. "¿Dónde han estado?"

Miré mi celular, y tenía siete mensajes de voz, y nueve llamadas perdidas. No tenía excusa para no haberme comunicado. No me importó. La noche fue perfecta, y nada la arruinaría. No me gustaba mentirle a mi madre, pero a menos que quería decirle que estábamos en un club, en el cual arrojaban drogas gratis, tenía que mentirle.

CHRISTOPHER A. FIGUEROA

"Llegamos tarde a la tanda de las ocho de la noche, así que tuvimos que esperar a la tanda de las diez. No pensamos que se tardaría tanto. Lo sentimos."

La mamá de Chris nos miró con ojos dudosos. No nos creyó, pero no le quedaba otra opción. Ella no tenía forma de probar que mentimos. Nos miró sin pestañear, y nos dijo, "Sólo vayan a sus cuartos. No lleguen tan tarde mañana."

Corrimos a nuestro cuarto para cambiarnos de ropa. Teníamos que irnos a dormir. Mientras me desvestía, no pude aguantar las ganas de quedarme en mi ropa interior por un segundo. Pude ver a Chris mirándome por el espejo. Me desarropaba con sus ojos. Llevábamos dos años juntos, tal vez era hora de hacer de nuestra relación un poco más íntima.

Mientras buscaba ropa en mi ropero, Chris se pegó detrás de mí, y amarró sus brazos alrededor de mi pecho. Su aliento tibio masajeaba tiernamente el tope de mi piel. Comenzó a besar mi cuello románticamente. Sus manos bajaban suavemente por mi cuerpo. Inhalé profundo. Mi presión sanguínea subió. Me seguía calentando cada vez más. El momento se volvía cada vez más perfecto. Todo estaba yendo bien, hasta que me sentí incómodo, y grité, "¡Detente! Por favor, para."

Chris se detuvo, y me volteó. Me miró a los ojos, y me dijo, "¿Qué te sucede, amor?"

Suspiré profundo. "No sé, Chris. Me siento incómodo, perdóname. No estoy listo para esto todavía."

No sé por qué, pero últimamente, nuestros besos se convertían en escenas sexuales. Los dos teníamos un deseo salvaje de estar juntos sexualmente. No lo podíamos controlar. Nuestros deseos carnales crecían cada vez más cuando deteníamos nuestros momentos candentes. Hasta algo tan simple como una briza tibia nos calentaba.

AFLICCIÓN DE ROSA

Esa noche, ambos nos dormimos sintiéndonos incompleto. No estoy seguro si los dos queríamos tener sexo, pero honestamente, yo sí. Lo único que me prevenía eran mis memorias pasadas del Padre Morgan. Cada vez que Chris intentaba tocarme, me recordaba de ese día tan horrible. Si yo fuese a tener una relación saludable, y una vida sexual feliz, tenía que dejarlo ir. No importa cuán difícil fuese. No puedo mentir. No poder satisfacer a mi pareja sexualmente, me hacía sentir inútil, y defectuoso.

Julio 6, de 2009, esa mañana nos levantamos como si no hubiésemos dormido para nada. Nos sentamos en la mesa para desayunar. Nos mirábamos, y sonreíamos. Fue como si viviéramos en una novela romántica diseñada sólo para nosotros. La única cosa que lo volvía real, era nuestro crudo deseo sexual.

La adrenalina de la noche anterior fue increíble. El movimiento de nuestros cuerpos bailando al sonido de la música, y la vista de cientos de hombres besándose era suficiente para prender nuestras máquinas.

No estaba seguro si esa noche se podía repetir, pero estaba determinado a intentarlo. La espera para que llegara la noche era tortura. Cada minuto que pasaba, alimentaba mi ansiedad. Para hacer que el tiempo pasara más rápido, quise tomar una siesta, y Chris decidió unirse.

Pareció como si alguien hubiese acelerado los relojes, porque poco después, ya eran las ocho de la noche. Nunca pensé que el tiempo pudiese pasar tan rápido, pero pensé mal.

Cuidadosamente, nos salimos de la casa sin que nuestras madres se dieran cuenta. Encendimos el carro, y nos fuimos. No queríamos pasar un minuto más afuera del club. Parecía como nuestro paraíso personal. Éramos libres de hacer lo que quisiéramos.

CHRISTOPHER A. FIGUEROA

Cuando llegamos a la puerta, la vista era igual que el día anterior. Gente rica dejando sus carros a los empleados, y la gente pobre en la fila exageradamente larga. Estacionamos nuestro carro en el mismo lugar de la noche anterior. Por alguna razón, siempre estaba vacío.

Mientras esperábamos pacientemente en la fila, no pude aguantar las ganas de preguntarle a Chris, "¿Trajiste más dinero?"

Chris se sonrió mientras abría su cartera enseñándome muchos billetes de cien. "Sí, tengo suficiente como para entrar por una semana."

Me reí un poco asustado. No podía detener la curiosidad dentro de mi mente. "¿De dónde sacaste tanto dinero?"

Chris me miró, y me dijo, "Mi mamá me da dinero cada semana para gasolina. Cuando estabas en coma, no guié a ningún lado, y ahorré todo ese dinero. Guardé casi mil dólares."

Me sentí como basura al recordar el calvario que le hice pasar a mi familia. Sólo pude sonreír, y besar su mejilla. Poco después, ya estábamos al frente del mismo guardia de la noche anterior. Él nos miró, y nos dijo, "Cincuenta dólares."

Sabíamos a que se refería, así que le dimos cien dólares. Él se rió, y le dio una palmada a Chris, mientras entrabamos por la puerta. Desde afuera, podíamos escuchar la música.

Esa noche, tenían un nuevo DJ. Él tocaba música igual de bien el otro. Mientras caminábamos hacia el área de baile, miré hacia el área del VIP, y vi el mismo adolescente de la noche anterior. Esta vez, él estaba solo. Se sonrió mientras me miraba a los ojos. Chris me haló, y comenzamos a bailar como robots descontrolados. La música sonaba alta, y orgullosa. El olor del club era diferente esa noche. Olía a alcohol, y sudor, pero de alguna forma seguía siendo cómodo. Cientos de hombres

AFLICCIÓN DE ROSA

bebiendo alcohol, besándose, y tocándose, era exactamente la vista que quería ver esa noche. Dentro de ahí, no estábamos restringidos por las reglas de la sociedad. Podíamos ser nosotros mismos. Nadie nos juzgaba por ser gay. Al contrario, nuestra homosexualidad era resaltada. Seguimos bailando al sonido de la música. Todo parecía desaparecer.

Alrededor de las diez de la noche, nos cansamos. Escuché al DJ gritar algo por el micrófono. No pude distinguir las palabras porque la música estaba muy alta. Lo que recuerdo es que el mismo hombre extraño de la noche anterior, salió con otro plato de pastillas. Las personas alzaron sus brazos para agarrar las pastillas mientras el hombre las tiraba. Cogí una en mi mano, y noté que tenían una cara feliz, en vez de una mariposa.

Todo era diversión, y juegos, hasta que dos hombres comenzaron a temblar en el medio del área de baile. Tan pronto que cayeron al suelo, comenzaron a tener un ataque como si estuviesen siendo electrocutados. La música se puso un poco más alta, y dos guardias grandes, y gordos, agarraron a los hombres, y los arrojaron en el pasillo de la calle. Si se hubiesen muerto adentro, la reputación del club se hubiese caído al suelo. Eventualmente se verían forzados a cerrar.

Rápidamente los hombres en el área de baile rompieron el círculo, y continuaron bailando como si nada hubiese pasado. Chris me miró en shock. Después de unos minutos, la música nos sedujo, y comenzamos a bailar.

La música era irresistible. Podías intentar aguantar las ganas, pero no durarías mucho tiempo. La música incrementó nuestra presión sanguínea, y comenzamos a besarnos. Comencé a correr mis manos por el pelo de Chris, mientras sus manos bajaban por mi pecho. Sus manos se acercaron lentamente a mis muslos. Rápidamente me desperté de nuestra fantasía, y empujé a Chris levemente.

CHRISTOPHER A. FIGUEROA

"¿Qué pasa?" él me dijo,

Moví mi cabeza de lado a lado, implicando un no.

Chris caminó hacia mi cabizbajo, y puso su brazo alrededor de mi hombro. Caminamos al bar, y pedimos un jugo. Nos dimos cuenta que ya eran las once de la noche, y teníamos que irnos a casa.

Sorprendentemente, llegamos a casa rápidamente. El expreso estaba vacío, y no había tráfico. No estuvimos mucho tiempo en la calle. Mi verano se estaba poniendo cada vez más interesante. No podía esperar a ver que más me podía traer.

AFLICCIÓN DE ROSA

13 UN EMPUJÓN HACIA LA SEXUALIDAD

Julio 13, de 2009, después de ir al club por una semana consecutiva, nos estábamos quedando sin dinero para pagarle al guardia. Lo que me pareció extraño es que cada noche que entrabamos al club, el mismo adolescente estrella nos miraba desde el área del VIP. Me tomó un poco de tiempo saber su nombre. Yo no estaba muy envuelto en la farándula. Le pregunté a Chris, y él me dijo que su nombre era Jason King.

Julio 14, de 2009, era tarde en la noche. Estábamos determinados a gastar los últimos doscientos dólares que nos quedaban. Si no comprábamos algo dentro del club, teníamos suficiente para entrar dos noches. Algunos de ustedes se deben estar preguntando, cómo nosotros podíamos entrar a un lugar por una semana corrida, y no cansarnos, y la respuesta es simple. Nosotros nunca habíamos tenido libertad, y cuando la saboreamos, no podíamos obtener suficiente.

Esa noche, nos vestimos para impresionar. Nos pusimos las mejores camisas, y pantalones que pudimos encontrar, junto a los zapatos más finos que teníamos. Cuando entramos al club esa noche, algo cambió. Sí, lo usual sucedió, estuvimos en fila por un rato, le pagamos al guardia, pero cuando entramos al club, Jason King me miró directo a los ojos, y nos señaló hacia él.

De primer instante, estaba en shock. No pensé que una celebridad le podía hablar a un extraño sin conocerlo previamente. Creo que habíamos causado una buena impresión. Comenzamos a caminar hacia él, y mi estómago se viró.

"Hola, soy Jason King." nos dijo estirando su brazo hacia nosotros.

Lo miré a los ojos mientras agarraba su mano, y le dije, "Hola, soy Bruce Williams, y este es mi novio, Chris Johnson. Es un placer conocerte."

Él hizo un gesto con su mano, diciéndonos que nos sentáramos, y llamó al camarero.

"Pidan lo que gusten. Yo pago." él dijo.

Miré a Chris por un momento. Nunca habíamos bebido alcohol. No sabíamos qué pedir. Lo miramos a él sin decir una palabra. Dentro de unos segundos, él se rió, y nos dijo, "¿Qué esperan? Tráeme tres Orgasmos, por favor."

Le dio un billete de cien al camarero, y continuó con la conversación.

"No se preocupen, yo bebo Orgasmos a cada rato. Saben increíble."

Como él era quien estaba pagando, no podía doler beberme un trago, o dos.

"Yo los vi a ustedes cada día de la semana entrando al club, y capturaron mi atención. Ustedes son demasiado jóvenes como

AFLICCIÓN DE ROSA

para poder entrar sin haber pagado. Díganme... ¿Cuánto le pagaron al guardia?"

Nos reímos un poco incómodos. Chris le contestó, "Cien dólares."

Jason comenzó a reírse fuertemente, y nos dijo, "Maldito bastardo. Él me hacía pagarle cincuenta dólares cuando yo entraba por primera vez. Eso paró cuando supo quien era yo. Me imagino que sus cargos han subido con el tiempo. Bien, eso no es muy importante. Por otro lado, yo los había estado mirando a ustedes por un tiempo. Me parecieron como personas que les gusta festejar. Me gusta la vibra que ustedes sueltan. Se ven tan tiernos juntos."

Mientras sonreíamos, nuestra conversación fue brevemente pausada por el mesero. Él traía tres vasos grandes. Jason le dio otro billete de cien, y le dijo que se quedara con el cambio. Todos tomamos un sorbo, y tengo que admitir que sabían increíble. Tenía un leve sabor a crema, seguido por chocolate, y un leve sabor a canela.

"Yo llevo viniendo a este club por alrededor de un año" Jason nos dijo, "y tengo que admitir, que no me canso del. Creo que una de las razones, es porque arrojan éxtasis gratis al público cada vez que le llegan productos nuevos. Nos usan como ratas de laboratorio, pero no importa. Son drogas gratis. ¿Cómo puedo protestar?"

Todos nos reímos un poco por su comentario. Sólo él sabía a qué se refería. Yo asumí que se refería a las pastillas que el hombre raro tiraba. Nos bebimos varios Orgasmos, hasta que Jason fue al grano, y nos preguntó, "Chicos, yo estoy organizando una fiesta en mi casa. Si quieren ir, puedo mandar un carro a su casa. Creo que después de la fiesta, no podrán conducir. Créanme, será la mejor fiesta de sus vidas."

CHRISTOPHER A. FIGUEROA

Una pequeña cantidad de confusión tomó control sobre mí. Intenté averiguar si estaba relajando, o si hablaba en serio. No entendí muy bien a qué se refería con lo de conducir. Sinceramente no me importaba nada más que su invitación. Una invitación de Jason King, era como una invitación de Dios.

Él me miró por un segundo, y dijo, "Bien, tengan mi número. Me envían un mensaje de texto con su dirección, y yo enviaré un carro a su casa. Ahora que ya hablamos de los detalles de la fiesta, divirtámonos."

Pusimos nuestras bebidas en la mesa, y nos movimos al área de baile. Yo nunca había visto a Jason afuera del área de VIP. Bailé con Chris como hacíamos usualmente.

Esa noche, el club estaba diferente. Tenía unas pequeñas tarimas alrededor de las paredes. Adentro de ellas, habían hombres jóvenes, y musculosos. Ellos bailaban con luces fosforescentes al ritmo de la música. El área de baile estaba cubierta de humo. No era tan denso como en las noches anteriores.

El alcohol me estaba haciendo un poco mareado. Decidí sentarme. Chris me siguió, y me dijo, "Bruce, ¿estás bien?"

Mi visión estaba un poco borrosa, y mi voz delicada se corrompía con la música. "Estoy bien," le dije, "sólo estoy un poco tomado."

Chris se rió de mí, y me llevó lentamente al carro. Poco después de haberme sentado en el asiento del pasajero, sentí un dolor extraño en mi estómago. Antes de que pudiese reaccionar, vomité en el piso.

Nunca había vomitado de tal manera en mi vida. El fuerte olor a alcohol, y chocolate, tomaron control sobre el carro. Reposé mi cabeza en el espaldar del asiento, y me quedé dormido. Estaba

AFLICCIÓN DE ROSA

desconcertado de lo que me rodeaba, hasta que Chris me abofeteó para despertarme. Habíamos llegado a nuestra casa.

Entramos por la puerta principal, intentando no hacer ni un ruido. Si nuestras madres nos agarraban borrachos, estaríamos castigados de por vida. Paso a paso, caminamos lentamente a nuestro cuarto. Por suerte, entramos sin problemas.

Julio 15, de 2009, me levanté por la tarde con un insoportable dolor de cabeza. Por alguna razón, no podía ver nada brillante. Eso significaba que no podía ir al club esa noche. Por fortuna, ese era el día de la fiesta en la casa de Jason.

Agarré mi celular, eran casi las seis de la tarde. No sé cómo dormí quince horas, pero estaba feliz que lo había hecho. Mientras comía mi desayuno, sentí mi celular vibrar en mi bolsillo. Tenía un mensaje de Jason, que decía, "Nos vemos en tres horas. Enviaré un carro a buscarte."

Me entusiasmé tanto al leer su mensaje, que casi dejo caer el teléfono. Él había dicho que sería la mejor fiesta de mi vida. Yo seguía alborotando mi pelo para mantenerme calmado.

Después de una larga espera, Chris entró al cuarto, y me dijo, "Vístete rápido. La fiesta se acerca."

Brinqué de mi cama, y me metí en el armario para buscar ropa. Me tomó cuarentaicinco minutos buscar algo para ponerme, arreglar mi pelo, y ponerme completamente listo para la fiesta. No pasó mucho tiempo cuando escuchamos un vehículo llegar a mi casa. Mientras bajábamos las escaleras, la mamá de Chris salió de la cocina. Antes de que nos pudiera preguntar cualquier cosa, nos despedimos, y salimos.

Yo pensé que la Srta. Anderson tenía un carro lujoso, pero Jason envió un Bentley negro para buscarnos. Mientras nos dirigíamos hacia la fiesta, noté un cambio drástico en el senario. El cambio de mi vecindario, al vecindario de Jason era exageradamente notable. Miré por la ventana de al lado, y vi el letrero dándonos la bienvenida a Bluepearl Hills. Mi vecindario estaba lleno de árboles baratos, y personas decentes. El vecindario de Jason tenía plantas exóticas, fuentes muy grandes, portones gigantescos, y autos muy lujosos. Llegamos a la casa de Jason, y mi quijada se cayó. Era el doble del grande que el club. Rápidamente, entendí cómo él podía enviar un Bentley a mi hogar.

Intentando no parecer desesperados, nos bajamos del carro, y caminamos hacia la puerta principal. Estábamos a punto de tocar la puerta cuando Jason la abrió, y nos dijo, "Hola, chicos, me alegro que pudieron venir."

Todos nos sonreímos, y entramos por la puerta principal. El aire tenía una mezcla de olores extraños, como colonia, fresas, vainilla, y alcohol. Al poco tiempo, entramos a un cuarto en el que todos los hombres se besaban, y se tocaban. Chris, y yo nos sentamos en el sofá al lado de Jason mientras él comandaba a los hombres a que comenzaran la fiesta.

Varios segundos después, Jason sacó una pequeña bolsa de su bolsillo. Adentro de ella, había un bloque de cocaína muy grande. Él agarró una hoja de navaja, y comenzó a dividir líneas de cocaína. Cuando vi todos esos hombres tocándose, y besándose, me calenté un poco. Alrededor de tres minutos después, todos los hombres en el cuarto estaban desnudos, o en su ropa interior. La fiesta estaba rápidamente convirtiéndose en una orgía. Era todos, para todos. Se intercambiaban de parejas, se besaban, y se tocaban.

Por alguna razón extraña, no me sentía incómodo. Miré hacia mi derecha, y Jason estaba envuelto con uno de sus amigos. Antes de que pudiese mirar hacia mi izquierda, Chris comenzó a besar mi cuello.

AFLICCIÓN DE ROSA

Jason me pasó el plato de cristal en el que cortó las líneas de cocaína. Mi mundo se congeló por un momento. Mi cerebro me gritaba que lo hiciera, pero mi conciencia me decía lo contrario. Si hacía drogas, arruinaría mi vida. Pero si no lo hacía, me vería estúpido al frente de las celebridades.

La adrenalina adentro de mi cuerpo comenzó a fluir por mis venas. Pensé en la decisión que tenía que tomar, hasta que dije, "Que se joda, lo haré."

Inhalé una línea de cocaína, y se sintió intensamente poderoso. Sentí como si estuviese en el tope del mundo. Me sentí como Dios. Mi corazón comenzó a latir más rápido mientras mi excitación se incrementaba. La cocaína me energizó como un voltaje de electricidad. Miré hacia abajo, y había un plato redondo lleno de condones. Agarré varios, me paré, y corrí hacia las habitaciones.

Miré hacia detrás, y Chris estaba inhalando una línea de cocaína, antes de seguirme. Lo halé hacia el primer cuarto vacío. En este punto del día, todo lo que nuestros ojos podían ver, era sexo. Por fin, la lujuria salvaje encerrada dentro de nuestros cuerpos sería liberada dentro de unos segundos. No pudo haber sucedido en un mejor momento.

Empujé a Chris encima de la cama, y removí su ropa interior como un animal vicioso. Mientras me paré un momento para ponerme el condón, no pude evitar observar a Chris encima de la cama de la misma forma en la que vino al mundo. Su cuerpo era perfecto; su bello abdomen, sus fuertes brazos, sus piernas musculosas, y su pene orgullosamente erecto. Terminé de ponerme el condón, y brinqué a la cama rápidamente. Cuando estaba cerca de sus labios, lo besé como nunca antes. Mis manos aventuraron su cuerpo, y por primera vez, no me sentí incómodo. Su piel era muy suave, y su cuerpo estaba perfectamente desnudo.

CHRISTOPHER A. FIGUEROA

Paramos de besarnos por un segundo, mientras yo empujaba su cabeza hacia las almohadas. Agarré su cintura, y lo moví abruptamente hacia mí. Acaricié su espalda suavemente mientras entraba adentro del. El dejó salir un gemido masculino. Me moví lentamente al comienzo, debido a que era nuestra primera vez. Pero al pasar del tiempo, comenzamos a incrementar la velocidad. El momento se ponía cada vez más apasionado.

Nuestra respiración se puso pesada, y caliente. Aunque ya habíamos estado en la cama por un rato, nos sentíamos tan energizados como si acabáramos de empezar. Comencé a sobar su pecho mientas me movía lentamente hacia sus entrepiernas. Él seguía halando mi cabello con fuerza bruta. Por alguna razón, el dolor era remplazado por placer. Me hacía sentir increíble. No estoy seguro que nos daba tanta energía, pero seguíamos envueltos como bestias salvajes.

Continuamos a gemir, y gritar repetidamente mientras nos movíamos de adelante, hacia atrás. Comencé a sentir un cosquilleo adentro de mí, y realicé que estábamos en el punto del clímax. Podía sentirlo a él poniéndose más grande en mi mano, hasta que estaba hinchado hasta el punto de explosión.

Ambos nos derrumbamos en lados opuestos de la cama, y nos miramos fijamente. Comenzamos a respirar fuertemente mientras estábamos acostados completamente desnudos. Removí el condón suavemente, intentando no derramarlo. Lo boté en el zafacón más cercano, y brinqué a la cama otra vez. Amarré mi brazo alrededor de su cuello, y podía notar que estaba satisfecho. Nada mal para ser nuestra primera vez.

No sé por qué estábamos cansados, y complacidos a la misma vez. Se sintió increíble haber podido hacer lo que tanto deseábamos. La lujuria cavernícola que resistimos por tanto tiempo se había librado. Ya no estaba asustado de tener sexo con mi novio.

AFLICCIÓN DE ROSA

Chris me miró a los ojos, y me dijo, "Bruce, eso fue increíble."

Le sonreí, y besé sus labios para callarlo. Miramos el reloj, notamos que eran las diez de la noche. Saltamos fuera de la cama, agarramos nuestra ropa, y entramos al baño. Era increíblemente grande. Tenía una ducha de alrededor de siete pies de largo, y ocho pies de alto. Las cerraduras eran de oro, y las paredes de mármol. Ambos corrimos a la ducha, mientras dejamos nuestra ropa en la puerta. Intentando apresurarnos, nos bañamos para quitaros la peste a hombre que emanaba de nuestros cuerpos.

La cocaína que había inhalado antes, me había hecho sentir como si fuese inmortal, pero los efectos secundarios eran horribles. Tenía una migraña severa, y mi nariz me dolía. Mi vista era muy sensitiva a la luz, y mis manos no cesaban de temblar.

Estábamos a punto de salir por la puerta principal, cuando Jason llamó nuestros nombres. Por un segundo, me asusté. Pensé que estaría molesto que nos íbamos. Entramos al cuarto en el que él estaba. Él estaba completamente desnudo con un compañero ayudándolo en su momento de necesidad. Nos acercamos un poco a donde él, y nos preguntó, "¿Se divirtieron?"

Chris, y yo nos miramos, y nos reímos. No pudimos ignorar la ironía. "Sí," le dije, "gracias por la invitación."

Él nos miró sonriente, mientras llamaba a otro de los hombres en el cuarto. Ya había pasado alrededor de una hora, y media desde que la fiesta comenzó, y los hombres en el cuarto continuaban con sus juegos. Algunos tomaban un descanso, algunos inhalaban más cocaína, otros sólo se tocaban. Jason nos miró una vez más, y nos preguntó, "¿Se tienen que ir?"

Ambos cabeceamos en aprobación, mientras él agarraba su celular para llamar al chofer. "Él llegará en cinco minutos." nos dijo. "Mientras esperan, aprovechen la oportunidad."

CHRISTOPHER A. FIGUEROA

Nos arrojó dos frascos de cristal llenos de cocaína.

"Bueno, si ya lo probamos, no puede doler hacerlo otra vez." dije ansiosamente.

Le tiré un frasco a Chris, e inhalamos la cocaína a la misma vez. Esa cosa era extremadamente potente. Se sentía como una infusión de energía corriendo por nuestra sangre. Ambos hamaqueamos nuestras cabezas por un momento para volver a la realidad. El conductor llegó, y tocó su bocina.

Jason acariciaba el cabello de su amigo antes de despertar de su fantasía. "Que lamentable," nos dijo, "para la próxima ustedes tienen que unirse a la fiesta aquí con nosotros"

Me reí por un momento, y le dije, "No te preocupes, nosotros nos divertimos también. Ah, de paso, necesitarás limpiar tus sabanas. Nosotros las ensuciamos un poco."

Él dejó salir una carcajada, y nos dijo, "No hay problema. Necesitaba sabanas nuevas de igual forma. Para la próxima, se nos unirán aquí abajo. Nos vemos"

Nos volteamos, y salimos por la puerta principal. Sintiéndonos satisfechos, y completos, entramos a la parte de atrás del carro. De camino a casa, Chris me comenzó a besar. La llama no estaba completamente apagada. Podía sentir mi sangre incrementando la velocidad.

Paré de besarlo por un momento, y miré al conductor diciéndole, "¿Te molesta que nos besemos?"

Él se rió sarcásticamente, y nos dijo, "No se preocupen por mí. Yo soy bisexual. Jason usualmente me deja entrar a esas fiestas, pero como hoy tenía que llevarlos a ustedes, no pude ir."

AFLICCIÓN DE ROSA

Me sentí mal por haberle prevenido al pobre hombre su merecido momento de placer. Sentí la obligación de pedirle disculpas. "Ah, perdónanos por haberte detenido…"

Él me interrumpió, y me dijo, "¿Detenerme? Nunca… Lo único que ustedes hicieron fue incrementar mis ansias para volver a la casa. Yo me uniré cuando los deje a ustedes."

Todos nos reímos por un momento, y luego continué besando a Chris. Llegamos a nuestro hogar rápidamente. Creo que era porque el conductor tenía prisa para unirse a la fiesta. Ya que estábamos a salvo, teníamos que buscar una forma de entrar a la casa silenciosamente. Nuestros besos habían sido suficientes para calentarnos una vez más.

Rápidamente abrimos la puerta de al frente, y corrimos hacia nuestra habitación. Tan pronto que entramos por la puerta de nuestro cuarto, comenzamos a desvestirnos. Comencé a ponerme mi pijama, cuando Chris se acercó detrás de mí, y amarró sus brazos alrededor de mi pecho una vez más.

Volteé mi cabeza para mirarlo, mientras él continuaba besándome. Lo empujé gentilmente hacia nuestra cama. Rápidamente pude notar que ambos estábamos igualmente excitados. Decidimos que teníamos que repetir lo sucedido previamente. Removiendo mi ropa interior, brinqué a la cama, mientras Chris me perseguía. Miré a Chris, y le quité su ropa interior lentamente.

Comenzamos a movernos alrededor de la cama, intentando encontrar una posición cómoda. El momento se calentaba rápidamente. Nuestra intimidad se ponía cada vez más fuerte. Me arrodillé intentando moverme detrás de Chris, pero él me empujó, y me dijo, "Espera un segundo, Bruce. Es mi turno."

CHRISTOPHER A. FIGUEROA

Chris era un poco más grande que yo. Le dije que fuese gentil. Era mi primera vez. Lentamente, él entro dentro de mí. Mordí mis labios para lidiar con el dolor inicial.

Cerré mis puños agarrando las sabanas fuertemente. Comenzamos a ir un poco más rápido. La cama comenzó a chirriar fuertemente, y cubría nuestras voces. Los movimientos de Chris se volvieron más rápidos, y más fuertes, y el nivel de placer sobresaltó el techo.

Comenzaos a gritar, y nuestros gemidos eran cada vez más altos. Volteé la parte de arriba de mi cuerpo para poder besarlo. Comencé a escuchar pasos por la escalera. El momento era demasiado fuerte para detenernos.

De repente, escuché la puerta abrirse. Nuestro increíble momento fue interrumpido cuando mi madre entró a la habitación. Los dos brincamos de la cama, y nos paramos uno al lado del otro sin decir una palabra. Bajé mi mirada al notar que en la temperatura de nuestro erotismo, se nos había olvidado cubrir nuestra masculinidad sólida. Intentando mantener la salud mental de mi madre, empujé a Chris bruscamente debajo de las frisas, y yo agarré una almohada para cubrirme.

"Oh… ¡Oh, Dios mío! ¡Perdónenme!" Antes de que ella pudiese decir algo más, bajó las escaleras corriendo, y gritando.

Miré a Chris, y ambos empezamos a reírnos histéricamente. Nos reímos tan fuertemente que nos quedamos sin aire. Nos vestimos lo más rápido que pudimos. Fue muy lamentable que un momento tan perfecto fuese interrumpido. La vergüenza fue tan grande que nos enfrió totalmente.

Decidimos esperar quince minutos antes de bajar. Teníamos que dejar que el momento se hundiera en el cerebro de nuestras madres. No les podíamos hablar mientras estuviesen molestas. Aunque fuimos capturados infraganti, no cambiaría nada. Le di

AFLICCIÓN DE ROSA

un beso a Chris antes de darle una fuerte palmada en su trasero. Mientras bajábamos por las escaleras, nuestras madres estaban sentadas en el sofá con una cara muy seria. Mi mente comenzó maquinear pensando en lo que nuestras madres nos podían decir. Tal vez estaban molestas. Tal vez pensaban que éramos demasiado jóvenes como para tener sexo. Creo que después de haber vivido una vida tan traumatizante, me merecía un poco de tiempo a solas con mi novio. Sentimientos extraños de vergüenza, y felicidad corrieron a través de mí. Nos acercamos un poco más a nuestras madres. Haciendo un sonido áspero con mi garganta, les indiqué nuestra presencia.

Nuestras madres brincaron un poco, y pararon de hablar. Mi madre alzó su vista, y nos dijo, "Lo siento tanto, no fue mi intención. No me pueden culpar. Yo no sabía que ustedes estaban activos sexualmente. Debieron habernos dicho algo. Les podíamos ayudar."

Chris, y yo nos miramos, y nos reímos por un momento. En realidad no habíamos estado activos sexualmente hasta ese día. Chris miró a mi mamá, y le dijo, "Lo lamento, Miriam, y asumo que Bruce también lo lamenta igual. Debimos haberles dicho que habíamos estado planeando hacer esto desde mucho tiempo. Nunca pudimos concretizar la idea, hasta hoy. Para la próxima les dejaremos saber. No sé. Pondremos algo en la cerradura, y cerraremos con llave."

Mi madre se rió un poco, pero la mamá de Chris se mantuvo seria. La miré, y le dije, "¿Le molesta algo Srta. Johnson?"

Ella me miró fijamente. Pude notar que estaba enfadada. Pareció calmarse dentro de unos segundos. Con una voz un poco entristecida, me dijo, "Sólo es que no pensé que mi hijo estaba creciendo tan rápido. Más vale que ustedes sean seguros. Los amo a ustedes dos por igual. No quiero que les dé algún tipo de enfermedad. ¿Tienen condones, verdad?"

CHRISTOPHER A. FIGUEROA

Nosotros nos miramos, y movimos nuestras cabezas indicando un no.

Mi mamá me miró, y suspiró. En ese momento, me di cuenta que se nos había olvidado totalmente la protección. Nunca habíamos tenido relaciones sexuales con otra persona, así que no tenía miedo de tener sexo con Chris. Pero nuestras madres nos estaban mandando a comprar condones, así que les hicimos caso.

Nos montamos en el carro de Chris, y guiamos a la farmacia más cerca que teníamos. Entramos al área de condones, y era un poco incómodo. No sabíamos la más mínima cosa acerca de condones. El pasillo parecía como entrar a un mundo fantástico. Había cientos de cajas. Diferentes marcas. Diferentes tamaños. Diferentes colores, hasta sabores…

Chris me miró confundido, y me dijo, "¿Cómo diablos vamos a saber cuál es mejor para nosotros?"

Moví mis hombres de arriba, a abajo, indicando un no sé. Agarré un bonche de cajas, y las metí en la canasta. Decidimos comprar una marca familiar. Sus anuncios parecían creíbles. Agarré alrededor de cinco cajas, y nos dirigimos a pagar.

Llegamos al cajero, y él nos miró en shock. Se rió por un momento, y nos dijo, "Que noche más ocupada"

No vi como nuestra sexualidad le incumbía a él. Nos reímos un poco incómodos, y le dimos el dinero. Nos dio una guiñada mientras nos entregaba nuestro cambio. Agarré la funda, y corrí al carro.

Ya había pasado alrededor de una hora, y media desde que había inhalado cocaína. Mi cuerpo se sentía inquieto, y tembloroso, pero a la misma vez cansado, y sin energía. Por alguna razón, no había comido nada desde hace diez horas. No tenía apetito. Lo

AFLICCIÓN DE ROSA

único que sabía de seguro, era que si quería seguir teniendo sexo tan increíble con Chris, necesitaba más cocaína.

Julio 16, de 2009, el día después de que me acosté con Chris, decidimos ir a Lightning para festejar por un rato. Le dije a mi madre que iba a casa de un amigo. No sé cómo me creyó. Ella sabía que nosotros no teníamos más amistades. Intentamos ir al club lo más rápido posible. Necesitábamos nuestra libertad. No habíamos ido desde hace dos días.

Nos estacionamos dos cuadras más atrás del lugar usual. Esa noche el club estaba extra lleno. Cuando llegamos a la puerta, el guardia se sonrió. Me imagino que creyó que le íbamos a pagar. Le envié un mensaje de texto a Jason para que nos buscara afuera. Él rápidamente me contestó diciendo, "Voy de camino."

Pocos segundos después, Jason salió por la puerta principal, y le indicó al guardia que nos dejara entrar. El guardia lo miró molesto, pero abrió las sogas, y nos dejó entrar. Se notaba que no le gustaba mi amistad con uno de los mejores clientes del club.

Entramos al club, y rápidamente nos sentimos como en casa. Nos sentamos en el área del VIP, y disfrutamos la vista. Jason nos miró curiosamente, y nos preguntó, "¿Ustedes quieren más, no?"

No entendí muy bien a qué se refería. Él sacó tres frascos de su bolsillo, y los puso encima de la mesa.

"Esta es la última vez que les voy a dar caviar. No puedo seguir regalándoles cosas cada vez que salimos."

Lo miré por un segundo, y le pregunté, "¿Caviar?"

Él se rió, y dijo, "La cocaína es el caviar del mundo de las drogas. Te energiza, incrementa el placer, te sientes como Dios, y vale mucho dinero."

CHRISTOPHER A. FIGUEROA

Todos nos reímos, y agarramos un frasco de cristal. Inhalándolo rápidamente, nos recostamos en el espaldar del sofá.

No pude aguantar las ganas de preguntarle, "¿Dónde puedo conseguir esto?"

Él me miró un poco atónito, y me dijo, "Te puedo decir donde es, pero dudo que puedas pagar los precios."

Me sentí un poco insultado. Manteniéndome calmado, le dije, "Haré lo que sea necesario para conseguir cocaína. Sólo dime."

Él cabeceó en aprobación, y me dijo, "Impresionante, sígueme. Creo que es tiempo que conozcan a El Jefe."

Me senté en la silla completamente quieto. No sabía si lo que él dijo era bueno, o malo. Me paré, y lo seguí. Sólo había visto a Jason subir al segundo piso dos veces, pero nunca con alguien.

Llegamos a la puerta del segundo piso, y Jason tocó el timbre. Una persona adentro del cuarto preguntó por el micrófono, "¿Contraseña?"

Jason se acercó un poco más al micrófono, y dijo, "Lazo rosado."

La puerta sonó, y entramos al cuarto. Al entrar, me di cuenta que El Jefe era el mismo hombre que arrojaba pastillas al grupo de personas. Él se volteó con su silla giratoria como en las películas, y nos dijo, "¡Ah! ¿A quién le debo el placer de una visita del gran Jason King?"

Jason pareció alagado por un momento, hasta que reaccionó, y respondió, "Hola, señor. Es bueno verte. Hoy no estoy aquí para asuntos personales. Este es mi amigo, Bruce, y su novio Chris. Ellos están buscando algo de producto."

AFLICCIÓN DE ROSA

La cara de El Jefe cambió de una sonrisa, a una mirada fría, y enfadada. Cerró sus labios, y respiró suavemente. "Bueno... Nuevos clientes siempre están bienvenidos, pero ¿de qué tipo de producto hablamos?"

Jason raspó su garganta, y dijo, "Ellos buscan..."

El Jefe lo interrumpió rudamente con un puño al escritorio, y dijo, "¿Acaso él es mudo? Deja que el hombre conteste su maldita pregunta."

Tragué fuertemente del miedo. No sabía si debía correr, o quedarme. Miré detrás de mí, y vi que el hombre que abrió la puerta tenía una pistola en su mano. No nos apuntaba, pero era un poco obvio que no tenía problema usándola.

Miré a El Jefe, y le dije con un voz firme, "Queremos cocaína, señor."

El Jefe se rió altamente, y me dijo con una pisca de sarcasmo, "Niño, estas pidiendo el caviar de las drogas. Mi cocaína no es barata."

Pensé por un momento en lo que estaba haciendo. ¿De verdad quería envolverme en el mundo de las drogas? ¿Valía la pena? Ya había probado la cocaína, y me había encantado. Ellos decían que era la mejor cocaína del área. Por una noche de sexo increíble con mi novio, no me importaba el precio.

"¿Cuánto cuesta, señor?" le pregunté.

Su risa, y su sonrisa se desvanecieron de su cara, mientras me dijo con una voz muy seria, "Doscientos cincuenta dólares por cada frasco. Uno de mis frascos es suficiente. Aunque pienses que puedes consumir más, no lo intentes. Mi cocaína es tan pura, que inhalas un frasco, y estas hecho por toda la noche. Tal vez te estés preguntando por qué te advierto, y la contestación es simple. Un cliente muerto, no es un buen cliente. Mientras más tiempo vivas, más dinero yo hago."

Ya entendí por qué él era el dueño del club más popular de la ciudad. Me tomó poco tiempo entender, que si quería cocaína, tendría que trabajar para conseguirla.

"Señor, lo siento mucho, pero yo no puedo pagar esos precios."

Su expresión facial cambió. Cerrando sus cejas, me dijo con una voz de coraje, "¿Cuántos años tienes, niño?"

"Dieciséis, señor." le contesté.

"Interesante…" me dijo, "Bueno, nuestros precios no son negociables. Tu edad es perfecta para trabajar para mí, y es tu día de suerte. Tenemos dos plazas abiertas. ¿Te interesa?"

"No sé a qué se refiere señor, pero yo no puedo vender drogas."

Él hombre extraño dejo salir otra carcajada, y me dijo, "No, chico. Eres demasiado lindo como para vender drogas. Tu trabajarías en la sección del placer."

Me pareció extremadamente obvio a qué se refería. "¿Placer? ¿Quiere que yo sea un prostituto?"

"No, niño," me dijo, "la palabra prostituta está prohibida aquí. Tú serías más como una escolta. Puede ser que de vez en cuando, tengas que acostarte con algún cliente, pero no serás un prostituto. Tu novio también puede unirse."

Lo miré fijamente, y le dije, "¡No! Deje a Chris fuera de la situación. Yo puedo sostenernos a ambos."

Él cabeceó en aprobación, y me dijo, "Está bien. Yo respeto a la familia. No te preocupes. No los obligaré a hacer nada que

AFLICCIÓN DE ROSA

ustedes no quieran. Pero permíteme dejarte algo claro. Si decides trabajar para mí, es un negocio serio. Sigues las reglas, o te sales."

"¿Cuánto paga el trabajo?" pregunté.

Él se sonrió al darse cuenta que yo aceptaría el trabajo. "Depende de la escolta." Dijo, "A las escoltas como tú les pagan miles. Yo tomo noventa por ciento de tus ganancias, pero te daré suficiente cocaína. Dos frascos por escolta, más diez por ciento del dinero."

Lo pensé por un momento, pero mis deseos por inhalar cocaína estaban tomando control sobre mí. Aunque sólo había usado cocaína tres veces, estaba adicto a ella. Convertía el dolor en algo suave, e inexistente. Miré a Chris, y él parecía confundido.

Di un paso adelante extendiendo mi mano. "Es un trato, señor."

Con una mirada muy sospechosa en sus ojos, El Jefe puso dos frascos de cocaína adentro de mi mano. Lo miré a los ojos mientras le tiraba un frasco a Chris. Inhalé el mío. Se sintió tan rico. Podía sentir su energía correr por mis nervios. La temperatura de mi cuerpo comenzó a subir, y mi cabeza dolía un poco mientras absorbía el efecto completo de la cocaína.

Mientras estábamos caminando hacia la puerta, El Jefe me arrojó un celular diciéndome, "Piensa rápido."

Miré el celular por un segundo. Era un celular caro. Lo mire a él en duda. ¿Por qué me daría un celular?

"Ese teléfono es sólo para clientes. No te atrevas a llamar a nadie. No es para uso personal…"

Lo interrumpí diciendo, "Entiendo señor, no se preocupe."

CHRISTOPHER A. FIGUEROA

Él respiró profundo intentando calmarse. No le fue muy bien, así que me gritó, "Niño... Aclaremos algo antes de que sea demasiado tarde. Nunca me interrumpas. Bien... Cuando recibas un mensaje en ese celular, estás obligado a responder al trabajo. No importa lo que haces. Si fallas algún trabajo, me cuestas dinero, y no hay nada en este mundo que yo ame más, que el dinero."

Unos segundos de silencio pasaron. Guardé el teléfono en mi bolsillo mientras él me decía, "Vete, diviértete. Aguanta bien el teléfono, porque puede ser que recibas tu primer trabajo prontamente."

Me volteé, y salí del cuarto con Chris, y Jason detrás de mí. El silencio era tan denso, que lo podías sentir. Unos minutos pasaron, y Chris me dijo, "¿Qué fue eso?"

"¿Qué?" le pregunté.

Chris suspiró fuertemente, y me dijo, "Mi amor, a mí me gusta la cocaína tanto como a ti, pero no quiero que hagas esto. ¿Eres un prostituto? ¿Qué carajo?"

Lo besé en los labios, y amarré mis brazos alrededor de su hombro diciendo, "No te preocupe. Todo estará bien. Necesitamos el dinero, y tú lo sabes."

Chris suspiró una vez más, fue a decir algo, pero Jason lo interrumpió, "Chicos, cálmense. Yo conozco a El Jefe, él es muy estricto, pero muy tierno con sus escoltas. La gente paga más por sexo, que por drogas. Se ve obligado a tratar a sus escoltas como reyes. No te sorprendas si te da dinero, o cocaína extra de vez en cuando. Créanme, yo era una de sus escoltas antes. Él es como mi padre."

Esa noche se terminó muy extrañamente. Conducimos a casa sin decir una palabra. Fue el silencio más incómodo de mi vida.

AFLICCIÓN DE ROSA

Chris estaba tan molesto conmigo, y tenía todo derecho de estarlo. Yo me había convertido en una escolta.
¿Tenía que sacrificar mi dignidad para obtener cocaína? ¿Valía la pena? Estaba arruinando mi vida completamente. ¿Por qué me hacía eso mi mismo? ¿Qué me sucedería si yo intentaba quitarme? Sabía que no debí haber aceptado el trabajo, pero ya era demasiado tarde. No había forma de regresar.

CHRISTOPHER A. FIGUEROA

14 EL TIEMPO MÁS OBSCURO DE MI VIDA

Julio 23, de 1993, una semana pasó antes de que recibiera el primer mensaje de texto de El Jefe. El celular comenzó a vibrar en mi bolsillo. Lo saqué sorprendido, no pensé que tendría un trabajo tan rápido. Con un poco de miedo, y vergüenza, agarré el celular, y leí el mensaje. "Mañana, siete de la noche, en el Crystal Tear Hotel."

Respiré profundo para calmarme mientras pensaba un poco acerca del lugar. Bajé las escaleras, y busqué el hotel por internet. Muchos mapas llenaron la pantalla. Después de todo, el hotel quedaba a varias cuadras de mi casa. No importa cuán cerca el hotel quedara, Chris me tendría que llevar.

Julio 24, de 2009, fui levantado por Chris cuando él me dio un beso de despedida. Yo no quería que las siete de la noche llegara. Por un lado, no quería serle infiel a Chris, pero, ¿seguía siendo infidelidad si él sabía lo que yo hacía? Ambos necesitábamos la cocaína. Si la queríamos, yo tenía que trabajar.

AFLICCIÓN DE ROSA

Le envié un mensaje de texto a El Jefe pidiéndole un poco de cocaína antes de trabajar. Esperé unos minutos por su contestación. Mordí mis labios levemente para pelear las ansias. Necesitaba un frasco de cocaína severamente. Poco después, sentí el celular vibrar en mi mano.

"Claro. Si puedes venir ahora, te la puedo dar" decía su mensaje.

No podía creer que él había dicho que sí. Creo que Jason no me mintió cuando dijo que él trataba bien a sus escoltas. Llamé un taxi para poder ir al club. Cuando llegamos al club, le dije al taxista que me esperara, porque necesitaba volver a casa.

Entrar por la puerta de atrás del club se sentía extraño. No había música, y era muy sucio. No tenía otra opción. Toqué el timbre de la puerta, y un hombre me preguntó, "¿Contraseña?"

"Lazo rosado." le contesté

La puerta se abrió. Entré calladamente, y me mantuve calmado. Me sentía muy débil sin la cocaína. Necesitaba inhalar un poco.

"Hola, Sr. Bruce," me dijo El Jefe.

"Hola, señor," le respondí.

"¿Cuánta cocaína quieres obtener?" me preguntó.

Me pareció impactante que me preguntara. Pensé que me tiraría un frasco, y ya. Mi día se embellecía cada vez más. Tragué fuertemente pensando mis próximas palabras cuidadosamente. No quería enfurecerlo. "Bueno señor," dije, "si no es mucha molestia, quiero tres frascos. Uno para ahora, uno para mi novio, y uno para la escolta."

CHRISTOPHER A. FIGUEROA

Su rostro pareció intrigado por un momento. Él cerró sus ojos, y me indicó un sí con su cabeza. "Muy bien," dijo, "tienes setecientos cincuenta dólares en cocaína. Más vale que traigas buen dinero de tu escolta, o saldrá de tu pago."

Agarré los tres frascos indicando mi entendimiento. Abrí uno desesperadamente, y lo inhalé lo más rápido que pude. No me habían mentido cuando me dijeron que la cocaína era el caviar del mundo de las drogas. Era extremadamente cara. Te reinicia el cuerpo entero. Y te da energía como si hubieses dormido por una semana entera. Mientras estaba a punto de salirme de la oficina, El Jefe me detuvo al decirme, "Bruce, espera. Se me olvidó completamente explicarte como todo esto funcionará. Casi siempre utilizamos el mismo hotel para todos los clientes. Entrarás al hotel, te sientas en el lobby, amarrarás este lazo rosado en tu muñeca, y esperarás al cliente. El cliente será quien paga por la habitación, y hará todas las reservaciones. Asegúrate de obtener el dinero antes de irte."

Luego de entender todo lo que El Jefe me dijo, salí del club. Me sorprendí mucho al ver que el taxista todavía estaba ahí. Me monté en el taxi lleno de energía. No me podía estar quieto. El taxista me miró, y me dijo, "¿Estás bien, chico?"

Rascando mi nariz, le dije, "Sí, sí. Todo bien. Sólo llévame a casa."

Él pestañeó, y arrancó rápidamente. Alrededor de quince minutos después, llegamos a mi casa. Mi madre llegó de su trabajo a la misma vez que yo. Le arrojé el dinero al taxista. Él se sonrió, y arrancó dándome un saludo militar.

AFLICCIÓN DE ROSA

Lleno de preocupación, miré mi celular para ver la hora. Eran ya las cinco de la tarde. Decidí entrar a mi casa para pasar un poco de tiempo con Chris. "Hola, Chris," le dije, "te traje algo."

Él me miró feliz. Pude notar como sus ojos se abrieron muy grandemente cuando yo le tiré el frasco de cocaína. Él lo agarró en su mano, y lo inhaló diciéndome, "¡Al fin! ¡Gracias! ¿Cómo la conseguiste?"

"Me pagaron por adelantado. Le dije que necesitaba cocaína para mi escolta, así que él me la dio. No me dio dinero, pero tengo un presentimiento que me pagarán mucho hoy."

Chris tomó unos minutos para respirar. Luego de absorber el efecto completo de la cocaína, me dijo, "Bebé, no sé si lo que estás haciendo es lo mejor. Estoy preocupado por ti. No quiero que te hagas daño. Si decides hacerlo, por favor, prométeme que usarás un condón."

No quería hacerlo sentir mal, así que le mentí. Honestamente, yo no sabía cómo esa noche sucedería. Lo único que esperaba es que pasara rápida. "Claro, Chris. No te preocupes, usaré protección. No soy estúpido."

Él se sonrió, mientras yo me acostaba al lado del. No había pasado tiempo con Chris desde hace muchas semanas. Era placenteramente relajante. Su olor era tan suave, que casi me hace quedarme dormido.

Vimos televisión por alrededor de una hora antes de que fuese tiempo de irnos. Entré al baño, y me duché completamente. Cualquier tipo de suciedad molestaría al cliente. Esa noche tendría mi primer cliente. En mi cabeza, yo tenía todo planeado. Entraría al hotel, y me sentaría en una silla muy cómoda.

CHRISTOPHER A. FIGUEROA

Esperaría al cliente con mucha paciencia. Entraría a la habitación, y me acostaría con él. Terminaría todo rápidamente, y me iría a mi casa. O por lo menos esperaba que fuera tan simple como eso.

"Chris, es hora." le dije.

Chris suspiró fuertemente. Agarró sus llaves, y se montó en el carro. Sólo me tardaba diez minutos a pies, pero me tomaría menos tiempo en auto. Llegamos al Crystal Tear Hotel muy rápidamente. Le di un beso en la mejilla, y lo miré a los ojos mientras me decía, "Cuídate,"

Me bajé del carro despidiéndome de Chris. Cada paso que daba se sentía como una puñalada a su corazón. Antes de entrar al hotel, amarré el lazo rosado en mi muñeca. Tan pronto que di un paso adentro, me di cuenta que no era un hotel barato. Tenía candelabros de oro. Todos los muebles estaban hechos del mejor cuero, y la mejor madera.

La espera por el hombre desconocido tomó para siempre. Cada tic del reloj en el lobby, retumbaba dentro de mis orejas como un eco. Mis manos comenzaron a temblar levemente. Necesitaba oler cocaína, o me volvería loco. Sentado en la silla, comencé a columpiarme de adelante, hacia atrás. El cliente no llegaba. El cuarto se comenzó a poner más frío. Froté mis manos suavemente mientras soplaba aire caliente adentro de ellas.

Miré mi celular. Eran las seis, y cuarentaicinco de la tarde. Empecé a agitarme un poco. La espera se hacía cada vez más larga. Tic, toc, el reloj se movía sin compasión. Miré mi celular una vez más. Seis, y cincuenta. ¿Dónde está el cliente?

AFLICCIÓN DE ROSA

Repentinamente, las puertas del hotel se abrieron. Un hombre muy bizarro, y misterioso entró por las puertas del hotel. Él caminaba medio cojo, y hablaba con una leve falla en su voz. Parecía un hombre de edad media, de pelo marrón. Era calvo, pero tenía mucho cabello en los lados de su cabeza. Sus ojos eran grandes, y marrones. Tenía una nariz muy grande, y sus labios eran secos.

Caminando hacia la hotelera, él sonrió, y reservó un cuarto. Pagó con efectivo. Mientras menos evidencia contra él haya, mejor. Intentó coquetear con la hotelera, pero ella se rió incómodamente, y se fue. Suspirando fuertemente, el hombre caminó hacia mí. Me dio una palmada fuerte en la espalda, y me dijo que lo siguiera.

Paso a paso, pude sentir como mi dignidad se escapaba de mi cuerpo. Gotereaba al suelo como un tubo roto. El hombre extraño sacó la llave de plástico de su bolsillo, y me empujó adentro del cuarto gentilmente. Parecía como si no tuviese prisa. Después de todo, él estaba pagando por hora. Tenía que disfrutar el tiempo.

"Ponte cómodo, niño. Me voy a bañar." me dijo.

Le indiqué mi entendimiento con una inclinación de la cabeza. Comencé a desvestirme muy lentamente. Estaba maldiciendo ese momento. Me tomó años prepararme mentalmente para tener sexo con Chris. Tener sexo con un extraño no sería menos difícil. Metiendo mi mano en mi bolsillo, saqué los dos celulares, y los puse en la mesita.

Me quité los pantalones, y me senté en la cama con el condón en una mano, y el frasco de cocaína en la otra. Pensaba en que carajos me había metido. Me quité la camisa, y la arrojé al lado mío. Dentro de unos minutos, el hombre extraño salió de la ducha, completamente desnudo. Él brincó adentró de la cama, y me miró fijamente por unos segundos. Le extendí el condón, y lo miré mientras él lo pensaba. "Dos mil dólares extra si no me lo pongo." me dijo.

Yo no tenía idea de cuánto costaba una noche conmigo, pero dos mil dólares era mucho dinero para un pequeño cosito de látex. Después de unos minutos, lo pensé, y le dije, "Está bien."

Él se sonrió con una mirada malévola. Me empujó encima de la cama, y removió mi ropa interior. Miró mi desnudez como un león mira su presa. Me hizo sentir muy incómodo. Comenzó a acariciar mi cuerpo con su mano izquierda mientras se tocaba con la mano derecha. Después de un minuto de caricias sucias, él agarró mi cabeza, y me forzó a mis rodillas. Comencé a darle sexo oral. Se sentía asqueroso. Intentando pelear con el deseo de vomitar, era como intentar bloquear el sol con la mano. Él se recostó del espaldar de la silla mientras yo peleaba las ganas de llorar.

Se cansó de mis servicios, y me empujó hacia la cama agresivamente. Saltando detrás de mí, agarró mis caderas, y entró dentro de mí. Mordí la almohada fuertemente, intentando no gritar mientras el hombre destruía mi cuerpo bajo. Con esperanzas de matar los nervios, agarré un frasco de cocaína, y lo inhalé. Por primera vez, intentaba matar los nervios sexuales, y no resaltarlos. El hombre extraño continuó con su destrucción. Cada vez se movía más rápido. Él agarró la parte de atrás de mi pelo, y lo haló con brutalidad.

Lágrimas llovían de mis ojos. Mordí la almohada una vez más, pero esta vez fue tan fuerte, que le arranqué un pedazo. No podía aguantar el dolor. Podía sentir la sangre saliendo de mí. El

AFLICCIÓN DE ROSA

dolor llegó a ser tan grande en un momento, que casi me desmayo.

No tenía otra opción que no fuese acostarme en la cama como una puta barata. Comencé a chirriar mis dientes. Intentaba imaginarme en un lugar mejor, desvanecer la existencia. Era demasiado difícil de concentrarme. Tenía a un viejo rompiendo mi columna vertebral, y no tenía escapatoria.

Después de lo que pareció una eternidad, el hombre acabó su deber, y se acostó a mi lado. Rápidamente, yo me paré de la cama, y caminé al baño para limpiar la sangre de mi cuerpo. No pude evitar el lloriqueo desesperado que mi cuerpo produjo. Antes de que yo me diese cuenta, el hombre extraño se vistió, y se paró detrás de mí para decirme, "Ese fue el mejor sexo que he tenido en mi vida. Ten, te lo has ganado."

Por unos segundos me senté en shock. Miré la estiba de dólares que se acostaba en mi mano. Antes de que el hombre pudiese irse, le pregunté, "¿Cuánto hay aquí?"

El hombre se volteó, y me dijo, "Cinco mil dólares."

Nunca había visto tanta cantidad de dinero en mi vida. Era mucho, pero no era suficiente para pasar por la misma mierda todas las noches. El Jefe se quedaba con noventa por ciento. Dejándome a mí con sólo quinientos dólares.

Me paré al lado de la puerta del baño desnudo. Intentaba olvidar lo sucedido. Estaba tan confundido, que no sabía qué hacer. Tenía que irme a casa, así que tenía que llamar a Chris. Él no me podía ver en la condición que yo estaba. Estaba tan avergonzado, que continuaba llorando. No podía parar. No valía la pena, pero necesitábamos el dinero, y la cocaína. A veces hay que hacer sacrificios por quienes amas.

Unos minutos pasaron, y me puse mi ropa lentamente. Intentaba calmarme. La parte posterior de mi cuerpo no paraba de doler. Era un dolor latente que me volvía loco. Mientras agarraba el celular para llamar a Chris, caí en cuenta que no me podía ir a mi casa todavía. Tenía que darle el dinero a El Jefe.

Varios minutos después de haberle enviado el mensaje a Chris, él me contestó, diciéndome que venía de camino. Comencé a pensar acerca de mi vida. ¿Cómo podría mirar a mis familiares a los ojos? Estaba arruinando mi vida teniendo sexo con desconocidos para poder pagar mi adicción a la cocaína. Sentí el celular vibrar en mi mano. Chris me mandó un mensaje, diciendo que ya había llegado.

Respiré profundo varias veces para mantener mi composición. Tomé el elevador hacia el lobby. Podía sentir mi cuerpo lentamente flotando hacia un mundo de fantasía. Mientras me acercaba a la salida, peleé con el deseo de llorar. Montándome en el carro de Chris, forcé una sonrisa en mi cara. Él me miró a los ojos, y me preguntó, "¿Todo bien?"

Sin ningún tipo de hesitación, le contesté, "Sólo guía, por favor. Te hablo después. Déjalo quieto por ahora."

Chris me miró como si lo hubiese abofeteado, pero tragó su orgullo, y condujo. Llegamos al club, y tuve que aguantar mi coraje, y mi tristeza para poder mirar a El Jefe a los ojos. Entré por la puerta de atrás, y subí las escaleras lo más ligero posible. No quería gastar más tiempo del necesario adentro del club. Toqué el timbre, y me preguntaron la misma maldita pregunta que siempre hacían, "¿Contraseña?"

AFLICCIÓN DE ROSA

Estaba cansado de que me preguntaran lo mismo siempre que venía al club. Inhalé, y exhalé para mantenerme calmado, y dije, "Lazo rosado."

El hombre fuerte abrió la puerta, y pude ver a El Jefe sonriendo desde su escritorio. Él estaba ansioso de verme. Se paró de su silla, y me dijo, "¡Bruce! Mi chico, enséñame el dinero."

Saqué el dinero de mi bolsillo, y lo tiré encima de su escritorio. Él brincó de su silla, y gritó, "¡Rayos! ¿Cuánto es esto?"

Rudamente, le dije, "Cinco mil,"

Él se rió, y me dijo, "Dios mío,"

"Pensé lo mismo." Le respondí.

"Bruce, eres mi chico de oro. Cinco mil dólares en tu primera noche. Eso es increíble. Te lo mereces." Me dijo dándome cinco billetes de cien, y cuatro frascos de cocaína.

"Sé que es más de lo esperado, pero no es común que un cliente te pague cinco mil dólares. No te desilusiones si en tu próxima escolta no te pagan tanto. Estás haciendo un buen trabajo, no lo arruines."

No sabía cómo reaccionar cuando fui alagado por mi jefe. Sólo sonreí, agarré mi cortada del dinero, y la cocaína. Tan pronto que salí del club, me monté en el carro de Chris. Cuando saqué la cocaína de mi bolsillo, los ojos de Chris se abrieron grandemente, como los ojos de un naufrago al ver tierra firme.

"Dios mío. ¿De dónde sacaste tanta cocaína?" Chris me preguntó rápidamente.

CHRISTOPHER A. FIGUEROA

Noté que Chris estaba desesperado por un frasco de cocaína. "Cómo me pagaron tanto dinero, El Jefe me dio cocaína demás."

Chris sonrió por un segundo antes de quitarme un frasco exasperadamente. Lo inhaló con mucha prisa, y me dijo, "Al fin, llevo todo el día con las malditas ganas de oler cocaína. Estaba comenzando a temblar."

Me sonreí levemente, y me recosté del espaldar del asiento del pasajero. Necesitaba aclarar mis pensamientos. De una forma lenta, pero segura, yo estaba destruyendo nuestras vidas. Cada día, nos matábamos lentamente con cada frasco de cocaína que inhalábamos.

Agosto 12, de 2009, después de varias semanas, estaba acostumbrándome a ese horrible trabajo. Poco a poco, mataba mi niño interior. Lo encerraba adentro de mi corazón, para que él no pudiese ser testigo de mis impurezas. Si yo les dijera a las personas que me conocen, que soy un prostituto, no me creerían. Yo era de esas personas que la gente llama una persona buena. Trabajaba duro, era callado, y no me metía con nadie. La gente no sospechaba que yo usaba drogas, o estaba en el mundo de las escoltas. El único problema es que no estaba haciéndome daño a mí solamente. Me estaba trayendo a Chris conmigo. No importaba cuales eran mis planes para la vida, el destino encontraba una forma de hacerme miserable.

Antes de aceptar ese trabajo, yo no sabía hasta qué punto el deseo sexual de los hombres podía llegar. Vi cosas muy extrañas en las primeras semanas. A algunos hombres les gustaba ser amarrados, abofeteados, estrangulados, o hasta golpeados. Nunca pensé que podía ser humillado, degradado, y torturado en la misma noche.

AFLICCIÓN DE ROSA

Ya no podía mirar a las personas a los ojos. Estaba demasiado avergonzado. La gente dice que los ojos son los espejos del alma. Yo pienso que si miras a mis ojos, sólo encontrarás un océano de dolor, y una tierra de sufrimiento.

Agosto 15, de 2009, yo pensé que estaba listo para cualquier escolta que mi vida me trajera, pero esa noche, lo que sucedió fue horrible. Todavía lo recuerdo hasta el día de hoy, como si hubiese sucedido ayer. Mi celular vibró como en todas las noches. El mensaje decía que fuese al mismo hotel que siempre iba. Todo parecía muy usual, así que concluí que todo sucedería igual que en las demás noches.

Pero esa noche fue muy diferente de las otras noches. Cuando entré al hotel, la hotelera caminó hacia mí, y me dijo, "El hombre vino temprano hoy. Pagó por todo, y te está esperando en el cuarto quinientos cinco."

Agarré la llave de plástico, y me dirigí hacia la habitación. El cambio drástico de las cosas me hizo sentir incómodo. Ya no tenía control sobre las circunstancias. Mi cerebro estaba corriendo a velocidad máxima para poder imaginarse el cliente de esa noche. Asumí que el tipo sería rico, con un traje muy lujoso, reloj de oro, joyas de alta calidad, y accesorios a la moda.

Cuando entré al cuarto, mi corazón comenzó a tocar rápidamente, resaltando mi curiosidad. Recuerdo que abrí la puerta, y el cuarto estaba callado, y obscuro. Tenía un olor a canela. Toda la luz de la habitación emanaba de unas velas encendidas alrededor de la cama. Tan pronto que entré al cuarto, las memorias del pasado comenzaron a repetirse. Mi cumpleaños número catorce llegó al pico de mis memorias.

CHRISTOPHER A. FIGUEROA

Todo comenzó a caerse en pedacitos cuando entré por la puerta, y alguien dijo desde la obscuridad de la habitación, "Tremenda sorpresa me ha traído la vida. Vale la pena cada centavo que gastaré esta noche."

Dejé caer todo al suelo, y mi mundo se congeló. Podía reconocer su voz en todos los lugares de la Tierra. Cerré mis ojos para imaginarme algo diferente. Intentaba probar que no era real. Pero no podía hacerlo desaparecer. Lentamente me volteé. No pude evitar el dolor. Cuando vi a ese monstruo, a ese diablo, mi mundo explotó en mil pedazos.

Él rápidamente se sonrió. Mirándome, me dijo, "Él que se escapó regresa a ser capturado. Arruinaste mi vida. Después de que te fuiste de mi casa, el mundo entero descubrió lo que yo hacía. Fui descomulgado."

Lo interrumpí rápidamente, y grité, "¡Tú arruinaste mí vida! ¿Cómo te atreves a sentarte ahí, y decirme que yo arruiné la tuya? Fuiste mi único amigo, y te aprovechaste de mí. Pero yo no fui la persona que heriste más. ¡Kevin se suicidó por tu culpa! ¡Hijo de puta! ¡No sé cómo puedes vivir con toda la culpa!"

Él se rió fuertemente, y me dijo en un tono de burla, "Pero yo no vine aquí a hablar de mi vida. Estoy pagando cinco mil dólares para tener una buena noche con una escolta joven. Fue pura casualidad que saliste tú."

Tragué fuertemente intentando pensar en alguna forma para poder evitar la situación. No había ninguna. Tenía dos opciones, tener sexo con el Padre Morgan, o ser asesinado por mi jefe. Mientras comenzaba a quitarme la ropa, fui sobrellevado por los sentimientos del pasado. Los sentimientos que había trabajado tan duro para reprimir.

AFLICCIÓN DE ROSA

Lágrimas frías comenzaron a caer de mi rostro. Lentamente desabotoné mi camisa. Podía verlo a él disfrutándose el show. Comenzó a lamer sus labios viéndome desvestirme.

En ese momento, estaba haciendo realidad todas sus fantasías sexuales. Él me había deseado por muchos años. Yo era como su fruta prohibida del jardín del Edén. Me quité toda la ropa, y me quedé en mi ropa interior. Me sentí horriblemente expuesto, e indefenso. Él comenzó a desvestirse hasta que no tenía nada más puesto que su vieja, y arrugada piel. Podía notar que él estaba extremadamente excitado por el traumatizante evento.

Intentando evitar mis lágrimas, me metí a la cama. Era muy difícil pelear las ganas de matar a ese maldito hombre. El Padre Morgan me siguió a la cama. Comenzó a acariciar mi cuerpo con sus manos porosas. Me sentí repugnante, y sucio mientras él exploraba mi cuerpo, que no hace mucho tiempo, era su sueño más obscuro. Él me empujó hacia las almohadas, y apretó mis caderas con sus dedos. Sus uñas se enterraron en mi piel. Sin gastar un segundo que él estaba pagando, comenzó. El dolor estaba tomando control sobre mi cuerpo. Seguí intentando pelear con las emociones, pero era inevitable. Mordí mis labios fuertemente intentando redirigir el dolor a otro lado. No pude evitar las memorias de mi niñez.

Mientras me quedaba con mi cabeza en las almohadas, miré al reloj fijamente. Podía ver al tiempo arrastrándose por él piso con sus uñas. Intentaba huir de la horrible foto que se plasmaba ante sus ojos. Te podría decir que el tiempo pasó volando, pero te estaría mintiendo. Le tomó exactamente cuarentaisiete minutos terminar. Cada minuto que pasaba se sentía como una puñalada al corazón. Cada lágrima que lloraba, me destrozaba por dentro. Ya no podía controlar mi cuerpo. No podía aguantar el dolor.

CHRISTOPHER A. FIGUEROA

Cuando estaba a punto de terminar, volteó mi cuerpo, y eyaculó en mi pecho. Me sentí tan asqueroso, que vomité al lado de la cama. El Padre Morgan se sonrió, y me dijo, "Tienes tremenda fresa, hijo mío. Sabía que tenía que acostarme contigo desde el primer día que te conocí."

Mis labios comenzaron a temblar cuando comenzó a alejarse de mí. Intentaba pelear con las lágrimas inevitables, y con el increíble deseo de apuñalar su cuello. Él se vistió, y me arrojó con el dinero. Saliendo del cuarto, me dijo, "Reservé la habitación hasta mañana. Tal vez quieres quedarte hasta que te compongas. De igual forma, gracias por el servicio."

Lo escuché cerrar la puerta. Aunque él se había ido del cuarto, podía escucharlo riéndose por el pasillo. Mientras me acostaba encima de la cama, lleno de sudor, y otros líquidos repulsivos, no pude pensar en alguna razón para continuar con ese estilo de vida.

Mi pasado por fin me había alcanzado, y no pude hacer nada para detenerlo. La única cosa que había peleado tan fuertemente para evitar, había sucedido. Me eché toda la culpa, porque verdaderamente era mi culpa. Si no hubiese inhalado cocaína desde un principio, no fuese un prostituto, y no me hubiese acostado con ese cerdo, esa horrible criatura.

Me paré de la cama. Agarré una toalla para limpiarme superficialmente, pero adentro, muy profundo de mí, estaba lleno de rabia, y vergüenza. Mientras me miraba en el espejo, todo lo que podía ver era un alma inútil, que no se merecía vivir en este mundo. Estaba desnudo, sucio, y sangrando. No sabía cuál de las tres arreglar primero.

AFLICCIÓN DE ROSA

Yo le hice una promesa a mi familia que no intentaría suicidarme otra vez. Esa promesa cada vez se hacía más difícil de cumplir. Me puse mi ropa, y le envié un mensaje a Chris para que me buscara. Tenía diez minutos para hacer lo que quisiera. Honestamente, lo que quería hacer más, era destruir el horrible cuarto. Borrar cualquier pista de lo sucedido esa noche. Que mal que soy un cobarde.

Chris llegó poco después, y tan pronto que me monté en el auto, él me preguntó, "Bruce, ¿qué te sucede?"

Cabeceé en negación, y le dije que condujera como le decía en todas las noches. Después de todas las escoltas, yo no estaba muy dispuesto a hablar. No abría mucho espacio para conversaciones. Recuerdo que esa noche fuimos al club, y entregamos el dinero con mucha prisa. Yo sólo quería llegar a mi hogar, y poner todo esto en el pasado. Quería que esa noche se convirtiera en otra memoria que tenía que reprimir.

Llegamos a casa, y no podía parar de pensar en lo que el Padre Morgan había dicho. No podía creer que él finalmente me había alcanzado, y había cumplido con su sueño de acostarse conmigo. Me apresuré a mi habitación, y me quité toda la ropa. Lentamente entré al baño, y encendí la ducha. Agresivamente raspaba mi pecho con la esponja del baño, pero no me sentía limpio. Me paré dentro de la ducha por alrededor de diez minutos. El agua ardiente llovía sobre mí. Intentaba evaporar los sentimientos de suciedad, cobardía, y temor. No querían abandonar mi cabeza.

Mis piernas se rindieron, y caí al fondo de la ducha haciendo un ruido muy fuerte. Puse mi cuerpo en la posición fetal. El agua seguía cayendo sobre mí. Estaba tan caliente, que el baño parecía un volcán. Mi piel parecía que estaba a punto de derretirse. No importaba cuán fuerte yo intentaba, no podía limpiar la humillación de mi cuerpo. Me mantuve en la misma posición por alrededor de treinta minutos. Mi cerebro comenzó a repetir las memorias de lo que pasó. Me dieron ganas de vomitar una vez más. Mis lágrimas, y mis llantos no cesaban. Nadie me podía calmar.

La mamá de Chris subió las escaleras. Tocando la puerta del baño, me dijo, "¿Bruce? ¿Estás bien? Llevas ahí dentro mucho tiempo."

Miré mi cuerpo, y mi piel estaba color rojo obscuro. Parecía una película de terror. No podía sentir dolor. El agua estaba extremadamente caliente. No me importaba. Tenía que limpiar la obscenidad de mi cuerpo. Llena de adrenalina, y preocupación, la mamá de Chris rompió la puerta del baño. Ella brincó hacia atrás al verme. Peleando con el shock, ella gritó, "¡Chris! Busca unos vendajes, y crema de quemaduras. Bruce, ¿qué te sucede?"

No respondí. Ni si quiera pestañé. Ella comenzó a envolver mi cuerpo desnudo con crema, y vendas. Estuve debajo del agua hirviendo tanto tiempo que causo quemaduras de primer grado en mi cuerpo. Tomé unas medicinas para matar el dolor, y me quedé dormido. Ni si quiera el dolor de las quemaduras se podía comparar con el dolor de verme obligado a tener sexo con la persona que arruinó mi vida.

Había perdido el control de mi vida. Ya no tenía control acerca de quien era, o que hacía. Estaba adicto a la cocaína, y no había otra forma de pagar mi adicción que no fuese la prostitución. Me convertí en la marioneta del mundo, y no tenía poder sobre mis acciones.

AFLICCIÓN DE ROSA

Agosto 18, de 2009, estuve tres días en cama pensando en lo que había sucedido en ese horrible hotel. Me perseguían las pesadillas, y las memorias de ese momento atroz, acostado en la misma cama con ese hombre maldito.

Mi vida estaba llena de rotos, y paredes de cemento. Yo no sabía cómo dejarlo ir. Cada vez se hacía más difícil levantarme en las mañanas. No quería enfrentar el hecho de que yo era impotente acerca de lo que me sucedía a mí. Si verdaderamente existía un Dios, no puedo entender cómo él puede dejarme pasar por todo esto. Yo pensé que ya había pasado por suficientes cosas, pero aparentemente me faltan varias pruebas de fallar.

Lleno de heridas, y cicatrices que no se podían curar, tenía que continuar con mi vida. No importa cuán difícil se me hiciera. Mi camino estaba lleno de neblina, pero tenía que encontrar una forma de continuar. Cada día miraba hacia el cielo, y no había sol en mis ojos. Todo lo que podía ver era dolor, y sufrimiento. Todas las esperanzas estaban perdidas.

Agosto 20, de 2009, varios días después, no tuve escoltas, y me quedé sin cocaína. Después de todo ese tormento, me puse más agresivo que antes. Todo el trabajo que había pasado con la Srta. Anderson se había ido por el drenaje.

Todo el dinero que hacía en las escoltas era gastado en alimento para mi hábito. Pensé que podría ahorrar dinero, y por fin salirme de ese negocio, pero nuestra adicción se convirtió tan grande, que esa meta era imposible de alcanzar. Cada vez que inhalábamos un frasco, incrementaba nuestra adicción. Nuestro cuerpo estaba comenzado a asimilar los efectos. A veces necesitábamos dos frascos, y en los días duros, hasta tres.

CHRISTOPHER A. FIGUEROA

Mi relación con Chris estaba comenzando a decaer con cada día que estábamos juntos. Se sentía como si estuviésemos juntos sólo por la cocaína. Si él me dejaba, ya no podría conseguir más drogas. Solíamos tener una relación perfecta, llena de amor, y cariño, pero se convirtió en una relación llena de dolor, y angustia. Había momentos en los que no podíamos ni vernos.

Esa noche, estaba en mucha necesidad de cocaína, y tenía mucho dolor. Recibí un mensaje de El Jefe diciendo que tenía una escolta a las siete de la noche. Me sentí tan feliz, y aliviado que podría obtener más dinero, y cocaína. Me vestí elegantemente para el cliente. Mientras mejor fuese la noche, mejor el cliente pagaba. Cuando terminé de ponerme mi ropa, recibí un segundo mensaje. Agarré el teléfono, y lo leí en voz alta, "Hay cinco mil dólares extra, si te vistes como mujer. El cliente lo pidió."

Mierda... Pensé que sería algo usual. Mientras corría por la casa buscando ropa de mujer, las memorias de mi niñez comenzaron a repetirse en mi cabeza.

"¡Quítate esa ropa antes que las arruines! No voy a tener a un maricón dentro de mi casa."

"No voy a parar hasta que aprendas lo que significa ser un hombre."

Volví a la realidad cuando Chris entró al cuarto, y me preguntó, "¿Qué diablos haces, Bruce?"

Lo miré, y le contesté, "El cliente me pidió que me vistiera como mujer. Me pagará cinco mil dólares extra."

"¿Necesitas ayuda?" me preguntó.

AFLICCIÓN DE ROSA

Sonriendo, le dije, "Claro; intenta conseguirme un poco de lápiz labial, ropa interior de mujer, unas pantallas, y maquillaje. Yo buscaré el traje de mi madre, y sus tacones."

Ambos corrimos por la casa, y entramos a las habitaciones de nuestras madres. Me vestí rápidamente, y me puse el maquillaje como mejor sabía. Llegaría tarde a la escolta si no avanzaba. Corrimos al auto, y nos dirigimos al hotel mientras yo amarraba el lazo rosado en mi muñeca.

Llegamos al hotel en cinco minutos. Antes de salirme del carro, le di un beso a Chris en la mejilla. Di un paso adentro del hotel, y todos se me quedaron mirando. Me sentí como si estuviese en un museo, y yo fuese la exhibición. Todos en el lobby me miraban fijamente, como si tuviese un letrero encima de mi cabeza, que deletreaba la palabra maricón en luces brillantes.

Por primera vez en todo el periodo de mis tiempos como escolta, no tuve que esperar mucho tiempo en el lobby. Un hombre muy apuesto caminó hacia mí, y me tocó en el hombro. Alcé mi cabeza del suelo, y lo miré a los ojos mientras él me daba una sonrisa pervertida. Me dijo que lo siguiera. Yo había hecho escoltas antes, pero por alguna razón, esa noche me sentí muy cómodo. El hombre apuesto tenía una colonia que captivaba mis sentidos, e incrementaba mi curiosidad hacia él.

Llegamos al cuarto cuatrocientos catorce, y él abrió la puerta de una forma muy romántica. Me dio una leve sonrisa, y entramos al cuarto lentamente. Me paré frente al espejo, y no podía creer lo que veía.

En este punto de mi vida, mi pelo estaba suficientemente largo como para engañar a alguien a creer que yo era una mujer. El traje me caía perfectamente. El maquillaje complementaba mi piel delicada, y los tacones hacían que mi trasero se viese espectacular.

El hombre apuesto salió del baño con una cara muy ansiosa. Por alguna extraña razón, esa escolta no se sentía como una escolta. Además de vestirme como mujer, el hombre me trataba muy delicadamente. Él entró a la cama con sólo su ropa interior, y me dijo que lo siguiera con una leve señal del dedo índice. Mientras lo miraba a los ojos, comencé a desvestirme sin prisa. Me quité el vestido, y el sostén con ambas manos, intentando parecer sensual. Comencé a quitarme los tacones, pero él se acercó a mí, y me dijo, "Espera, déjatelos puesto. Me calientan mucho…"

Le sonreí expresando mi gusto, y brinqué a la cama. Él comenzó a tocar mi cuerpo de una forma muy gentil. Sus manos se sentían tan suave como una brisa, y tan livianas como una pluma. El hombre apuesto se acercó a mi cuello, y comenzó a besarme. Sus labios eran suaves como la piel de un bebe, y su respiración era tibia. El momento se puso cada vez más ardiente. Ya no era una escolta, sino una linda, y placentera noche de placer.

Lo toqué muy suavemente, mientras él peleaba con los deseos de gemir. Él me empujó fuertemente hacia las almohadas, y comenzó a besar mis labios. Usualmente, yo no dejaba que las escoltas me besaran, pero esto era diferente. Él movió sus labios suavemente desde mi boca, y bajó lentamente. Comenzó a besar, y lamer mi pecho. Me miró a los ojos como si estuviese pidiendo permiso. Indicándole un sí con mi cabeza, acaricié su pelo, mientras él agarraba una vela. Vertiéndola de lado, la vela caliente se derramó encima de mi pecho. Estaba muy caliente, pero el dolor se transformó en placer. Él comenzó a besar, y acariciar mi cuerpo apasionadamente.

AFLICCIÓN DE ROSA

Agarré la parte de atrás de su cabeza, y lo acerqué a mis labios. Respirando profundamente, traje su oído a mi boca, y le dije en una voz muy baja, "Estoy listo."

Me apoyé de mis rodillas, mientras el agarraba la parte de arriba de mis hombres, y halaba mi cuerpo hacia su cuerpo. Mientras él agarraba el aceite caliente para lubricarse, continuaba besando mi cuello. Tan pronto que comencé a gemir, el hombre apuesto comenzó a gritar.

Continuamos haciendo el amor desenfrenadamente por unos minutos en la obscuridad de la habitación, hasta que él comenzó a moverse cada vez más rápido. De repente, cayó a mi lado respirando profundamente. Mirándome, me dijo, "Wow, tú sí que sabes cómo complacerme."

Le sonreí para enseñarle mi gratitud, y satisfacción. Buen sexo no pudo haber llegado en un mejor momento. Yo estaba extremadamente estresado. Sólo necesitaba relajarme, y dejarlo todo ir. Me levanté de la cama lentamente, y me fui a la bañera para limpiarme. Este no era un día usual que podía ponerme mi ropa, e irme. Tenía que lavarme bien para no manchar la ropa de mi madre.

Mientras estaba parado dentro de la ducha lavándome, escuché al hombre apuesto entrar al baño. Tocando la puerta, me dijo, "Tu dinero está encima de las gavetas También dejé mi tarjeta de trabajo. Si alguna vez quieres repetir lo de hoy, me llamas."

Me reí por dentro mientras mi cerebro tomaba su oferta seriamente. Mi mente finalmente volvió a la realidad cuando me di cuenta que estaba considerando serle infiel a Chris. Yo le era infiel todas las veces que me acostaba con extraños por dinero, pero eso era diferente. Yo lo hacía por dinero, y drogas, no por placer. Y él sabía lo que yo hacía. No creo que la infidelidad cuente si la pareja no se opone.

Desde que nos habíamos conocido, Chris, y yo habíamos tenido tremenda relación. Él había estado junto a mí por cada momento horroroso de mi vida. Un hombre tan fiel era suficientemente bueno como para pelear por él. Estaba listo para matar por él, considerando que casi mato a alguien cuando éramos más jóvenes.

Cuando estaba listo, me comencé a poner la ropa de mi madre. Mi maquillaje se había ido, pero no era importante. Me puse el traje, el sostén, las pantallas, y los tacones lo más rápido que pude, para irme a mi casa. Cuando me paré de la cama, no pude evitar mirar las dos estivas de dinero que estaban encima de las gavetas.

Corrí hacia el lobby, y de sorpresa, Chris ya estaba ahí esperándome. Me imagino que estaba cerca, así que llegó más rápido. En este punto de la noche, necesitaba cocaína. No podía esperar a ir a donde El Jefe. Me monté en el carro, y Chris me miró fijamente por un momento. Esperé a que condujera, pero él se mantuvo quieto. Finalmente, no lo pude aguantar más, y le pregunté, "¿Qué diablos miras?"

Él se rió por un segundo, y me dijo, "No es todos los días que puedo ver a mi novio vestido como perra."

No quería pelear con él, pero no pude aguantar las ganas de decirle algo, "Sólo estoy haciendo esta mierda para pagar la maldita cocaína."

Me miró con unos ojos impactados, y me dijo, "Wow, Bruce, cálmate. Sólo estaba haciendo una broma, nada personal."

AFLICCIÓN DE ROSA

"¿Una broma? Soy una broma para ti, ahora. ¿Qué carajo significa eso?"

Podía sentir el coraje crecer dentro de mi cuerpo como un cáncer. Nunca había peleado con Chris antes. Una voz me decía que me callara, pero no escuché.

"Sabes qué, Bruce," me dijo, "siento como si no te conociera. Has cambiado."

Dentro de ese auto, cada palabra que él decía molestaba mi presencia. "¡Chris, calla tu maldita boca! ¿Tienes cocaína? La necesito, ahora mismo."

"Sí, tengo un frasco. Lo estaba salvando para después. Bruce, nunca me has hablado de esta forma. ¿Qué te sucede?"

Lo interrumpí con un golpe a su rostro, y le grité, "¡Chris! ¿No te dije que te callaras la maldita boca? ¡Dame la cocaína, ahora mismo!"

En ese preciso momento, me di cuenta que había perdido el control totalmente. Al final, cuando pensé que había ganado la guerra, noté que me había convertido en el hombre que odiaba. Me había convertido en mi padre. Mientras me sentaba en shock mirando a Chris, lo vi a él limpiar la sangre de su boca. Él tragó fuertemente. Secó sus lágrimas, mientras ponía su mano en su rostro.

"Chris..." dije, "Perdóname, no sé qué pasó."

Chris me interrumpió con ojos llorosos, y me dijo, "¡Cállate! No te quiero escuchar. Salte de mi maldito carro. ¿Quieres esta mierda de cocaína? ¡Pues, cógela! Métetela por el culo. Ya no me importa."

CHRISTOPHER A. FIGUEROA

Aguanté mi respiración por unos segundos. Pensé en lo que había hecho. Nunca había sido violento hacia Chris. Me sentí como un monstruo al pegarle. Abrí la puerta del carro, y me salí lentamente. Agarré el frasco de cocaína que Chris había arrojado por la ventana. Intenté pedirle perdón una vez más, pero el daño estaba hecho. La confianza se había perdido.

"Chris, en serio, lo siento mucho."

Chris me miró con una lágrima bajando por su rostro, y me dijo, "Cierra la maldita puerta."

Suspiré fuertemente. Mi mente se llenó de arrepentimiento, y desgracia. Cerré la puerta del carro, y vi sus luces traseras desaparecer con el misterio de la noche nublada. Mientras agarraba el frasco de cocaína en mi mano, comencé a pensar si debía, o no inhalarla. Esa droga me estaba arruinando la vida, y no podía hacer nada para evitarlo. Pude haber prevenido que todo esto sucediera.

Miré al cielo, y todo lo que había era obscuridad. Ni si quiera había una simple estrella en el cielo para acompañarme en mi momento de soledad. Paso a paso, caminé a mi casa. Nunca había notado cuán intimidante era mi vecindario. Cuando estás en un auto, todo parece bonito, pero cuando estas a pies, sospechas de todo lo que se mueve. Las sombras asechaban mis pasos, y la brisa fría me llenaba de miedo.

Esas calles estaban comenzando a asustarme. Era una pesadilla viviente. Podía notar que algo estaba detrás de mí, pero no podía notar qué, o quien. Había un leve olor a alcohol, y cigarrillos. Parecía como si un bar me estuviese persiguiendo. Mi vida se sintió rápidamente amenazada. Un grupo de personas me estaban

AFLICCIÓN DE ROSA

siguiendo. No podía ver sus caras, estaban demasiado distantes. Su vestimenta me indicó que eran algún tipo de ganga.

Tenían chaquetas de cuero negras con unas insignias, pantalones negros, botas de punta de metal, cadenas alrededor de sus bolsillos, y manoplas de metal en sus nudillos. Uno de los hombres comenzó a caminar más rápido. Incrementaba sus pasos. No les tomó mucho tiempo en estar cerca de mí. Sólo nos dividían diez pies de distancia. Comencé a asustarme. Comenzaron a mirarme fijamente, y sabía que estaban pensando cosas pervertidas de mí. El hombre más grande de los tres comenzó a gritar, "Oye bebé, detente."

Los demás continuaron con otros comentarios de doble sentido. Por alguna razón, la voz del hombre más grande me sonaba muy conocida. Uno de ellos comenzó a silbarme, y en ese momento, me recordé que estaba vestido como mujer. Mi corazón comenzó a pulsar más rápido, mientras intentaba pensar en una forma de escaparme de la situación. No importa cómo yo reaccionara, ellos me perseguirían. Todo lo que podía hacer era correr. El problema era cómo podía hacerlo. Si ellos se enteraban que yo era un hombre, me matarían. Mi pueblo no era muy hospitalario hacia los homosexuales.

Rápidamente me quité los tacones, y comencé a correr como un conejo corriendo de su cazador. Estaba corriendo por mi vida, no podía detenerme. Podía escuchar sus botas retumbando con cada paso que daban. Corrí por unos quince segundos, hasta que agarraron la parte de atrás del vestido, y me arrojaron al suelo. Un dolor repentino corrió por mi cuerpo, como si me hubiese pegado con un martillo.

Abrí mis ojos, y ambos nos congelamos al mirarnos. Ahora sabía por qué su voz se me hacía tan familiar. Ahora que estaban cerca, pude identificar los símbolos en su camisa como la suástica nazi, los doble truenos, y la carabera con huesos; todas las señales obvias de nazis frustrados.

No lo reconocí bien hasta que me dijo, "Madre de Dios... No pensé que te volvería a ver en mi vida, maricón. No sabes el mundo de infierno que pasé después que me expulsaron de la escuela por tu culpa. Sabía que te debí haber matado cuando tenía el chance. Eres lo peor de lo peor. Eres la basura del mundo."

Pensé que mis ojos me estaban engañando, pero no. Era todo dolorosamente real. Bryan señaló a uno de sus amigos para que viniera y rompiera mi traje con una cuchilla. Me quedé en la acera con sólo mi ropa interior. Ellos comenzaron a reírse, y escupirme.

"Sabía que eras gay, pero diablos, Bruce, esto es un nuevo bajo para ti. Me das asco." Bryan dijo pateando la parte de al lado de mi cuerpo.

Sus botas con punta de metal se sentían igual que en el día que me pegó cuando tenía trece años. Él me haló por el pelo hasta que estaba cerca de su cara. No pude evitar cerrar mis ojos. Me soltó, y comenzó a pegarme repetidamente. Sus nudillos de metal cortaron mi mejilla, y dejaron una marca en mi rostro. El dolor era insoportable, pero tenía que resistir. No podía dejarlos verme llorar, o los enfurecería más.

La diversión no comenzó hasta que se cansaron de pegarme con sus puños, y botas. Bryan, y sus compañeros desamarraron sus macanas, y comenzaron a pegarme. Pude escuchar mis huesos romperse. El sonido era horripilante, y el dolor era tan fuerte que casi me hace desmayarme.

AFLICCIÓN DE ROSA

El verdadero dolor no llegó hasta que pararon de pegarme. Dos de los hombres se fueron corriendo al escuchar las sirenas de los policías. Bryan no había terminado, el tenía otros planes.

"Quieres ser una puta, te trataré como una." Él dijo.

Intenté resistirme, pero él era demasiado fuerte. Amarró mis brazos en la parte de atrás de mi cuerpo con sus manos, y alzó mis caderas al aire. Sin gastar un segundo, metió la macana adentro de mí. El dolor punzante penetró mis nervios, mientras un río de sangre corría por mi cuerpo bajo. Sentí la macana rígida entrar, y salir de mi cuerpo. Como un animal sufriendo, dejé salir un grito agudo para expresar mi dolor. El grito fue tan fuerte, que mis orejas dolieron.

Bryan brincó hacia atrás en shock, y cubrió sus orejas. Estaba a punto de pegarme en la cabeza con la macana sangrienta, pero escuchó las sirenas de los policías acercarse más. Antes que lo pudieran detener, se fue corriendo. Acostado en la acera de la calle con varios huesos rotos, y sangre saliendo de mi cuerpo, perdía la conciencia. Vi a una mujer correr hacia mí. Se arrodilló al lado mío, y me dijo, "No te rindas, niño. La ayuda viene de camino. Respira, respira. No te rindas."

Escuché a las sirenas de las ambulancia como si estuviesen lejos, pero estaban al lado mío. Los paramédicos me pusieron en la camilla, y me llevaron al hospital. Esa fue la cuarta vez en mi vida que estaba montado en una ambulancia. Ya estaba acostumbrado. Mis ojos se sintieron pesados, y mi menté intentó luchar para mantenerme despierto. Lo último que vi antes de quedarme dormido, fue el paramédico gritándole al conductor que avanzara.

CHRISTOPHER A. FIGUEROA

Cuando mis ojos volvieron a abrirse, los paramédicos me estaban llevando por los pasillos del hospital. Comencé a recordar la noche que intenté suicidarme. Por alguna razón, todo en mi vida parecía repetirse una, y otra vez. Parecía como si mi vida fuese una fila de dominós.

Miré a mi derecha, y vi a la mujer que me rescató en la calle, corriendo a mi lado por los pasillos de la sala de emergencia. Cuando entramos al cuarto, me tuvieron que haber dado algún tipo de sedativo severo, porque me quedé dormido, y me levanté días después.

Agosto 23, de 2009, me levanté desorientado. No tenía idea de donde estaba, o con quién. Mientras me levantaba, fui dirigido por el doctor.

"Hola, Bruce. Me alegro que puedas unirte." me dijo.

Él tomó unos segundos para reírse sarcásticamente, y me dijo, "Hijo, sufriste una concusión por los golpes a la cabeza, tres costillas rotas, un brazo fracturado, y leve sangrado interno."

Miré a las personas que estaban en mi habitación. Se veían preocupadas. Me sorprendí al ver a Chris en el cuarto. No pensé que me querría ver por mucho tiempo. Me sorprendí más al ver la mujer que me había ayudado en la calle. Yo ni si quiera la conocía, y ella se quedó en mi cuarto hasta que me levanté.

Mi carácter cambió de coraje, a curiosidad hacia la identidad de la mujer. Tenía que conocer la persona que salvó mi vida. La mujer era muy joven, creo que tenía alrededor de veintiún años. Era muy linda. La miré a sus ojos preocupados, y le dije, "¿Quién eres?"

AFLICCIÓN DE ROSA

Ella apuntó su dedo índice a sí misma, y yo cabeceé en aprobación. Respiró profundo, sonrió, y me dijo, "Mi nombre es Sasha. Yo vi a los jóvenes atacándote en la calle, y llamé al 911. Pudiese haber intentado ayudarte, pero ellos eran más fuertes que yo. Lamento no haber podido hacer más."

Su rostro de preocupación se desvaneció, y tristeza la socavó. Noté que era una mujer muy sensitiva. Ella sentía culpa por algo que no tenía que ver con ella. Me sentí conmovido por su valentía, y empatía. Nunca había conocido a alguien que se sentía tan preocupada por un extraño. La miré a los ojos una vez más, y le dije, "Oye, cálmate. Salvaste mi vida. No hay nada más que pudiste haber hecho. Gracias por todo. Si me hubiese quedado en esa acera por más tiempo, me hubiese muerto."

Ella secó sus lágrimas, y corrió a mi cama para darme un abrazo. Se sintió tan rico tener contacto humano que no intentaba tener sexo conmigo. Tomando unos pasos hacia detrás, se mezcló con el grupo de personas. Mi familia parecía estar molesta, y preocupada a la vez.

Después de unos minutos de silencio incómodo, mi madre dio un paso hacia delante, y me dijo, "Chris nos contó todo. Sabemos por qué estabas vestido como mujer, y por qué te encontraron con diez mil dólares, y cocaína en tus manos. Todo lo que quiero saber es… ¿Por qué?"

Comencé a sudar. Pensé en su pregunta profundamente. Nunca me lo había preguntado. ¿Por qué pasar por algo tan horrible sabiendo que las consecuencias no podían ser nada diferente? ¿Por qué me trataba a mi mismo como basura? ¿Por qué me degradaba todas las noches sin cuestionar mis acciones?

CHRISTOPHER A. FIGUEROA

Sabes qué, me cuestiono esas mismas preguntas hasta el día de hoy, y todavía no puedo contestarlas. Después de pensar por unos momentos, la mejor contestación que pude darles fue, "No sé."

Todos suspiraron llenos de frustración. Podía notar que ellos odiaban la persona en la que me había convertido. No tenía excusa para hacerlos pasar por cosas tan horribles a lo largo de mi vida.

Cada vez que intentaba moverme, cada vez que respiraba, y cada vez que hablaba, se sentía como si me estuviesen apuñalando en el lado derecho de mis costillas. Había sufrido costillas rotas, y huesos fracturados antes, pero nunca tan severos como en aquella noche. Después de unos minutos de silencio, mi cerebro se encendió. No le había dado el dinero a El Jefe. Estaría en tantos problemas si lo decepcionaba. Mi menté comenzó a entrar en pánico, y me di cuenta que estaba en problemas.

"Espera… Ustedes dijeron que me encontraron con dinero, y cocaína. ¿Qué hicieron con ese dinero?"

Chris se movió a mi lado, y me dijo, "No te preocupes. Me encargué de eso."

Un sentimiento de alivio llovió sobre mí, pero no duró mucho tiempo. La madre de Chris caminó hacia mí, y me dijo en voz alta, "¿Vez ese miedo que acabas de sentir? Multiplícalo por mil. Pensamos que ibas a morirte cuando nos llamaron del hospital. ¿En qué estabas pensando cuando envolviste a mi hijo con drogas?"

Sabía que ella tenía toda la razón, y no podía hacer nada para cambiarlo. Sentí como si el peso del mundo se recostó sobre mis

AFLICCIÓN DE ROSA

hombros. Ya no lo podía aguantar. Estaba cansado de que me culparan por todo lo malo que sucedía en mi vida. Era en ese preciso momento, o nunca.

"Miren, sé que todo esto es mi culpa, pero quiero hacer un cambio. No sé cómo hacerlo. No sé cómo vaciar el plato, y empezar de nuevo."

Mis ojos comenzaron a aguarse, mientras mi mente se inundaba de culpa. No podía creer por cuanto trabajo había pasado para esconderme de la realidad. Algunas personas escogen alcohol. Algunas personas escogen sexo. Yo escogí cocaína, porque me hacía sentir mejor. Llenaba mis días de brillo, y me daba energía para continuar con mi vida diaria. Comencé a llorar incontroladamente.

Sasha se pegó a mí lentamente. Dándome un abrazo, acarició mi pelo, y me dijo, "No te preocupes, Bruce. Ese es mi trabajo. Tal vez te estés preguntando que yo hacía contigo, o que hacía en el medio de la noche por las calles cuando te atacaron. Yo soy una voluntaria en una casa de rehabilitación. Salgo por las noches a la calle para encontrar gente como tú. Cuando escuché tu historia, me conmoví, y me sentí obligada a ayudarte. Puedes ser mejor que esto, Bruce. El único problema es que no te puedo ayudar, si no quieres mi ayuda."

Acostado encima de la cama, pensé en su propuesta. Si me metía a una casa de rehabilitación, podía limpiar mi vida. Limpiar el reguero que había dejado con Chris, y tendría un futuro brillante. Mis ojos se llenaron de esperanza, y mi cara se llenó de felicidad. Miré a Sasha, y le dije, "Está bien. Yo iré a la rehabilitación, pero sólo si Chris va conmigo."

CHRISTOPHER A. FIGUEROA

Todos en el cuarto miraron a Chris. Era obvio que Chris no había inhalado cocaína en mucho tiempo. Estaba en una mala condición. Sus brazos estaban temblando. Sus ojos estaban perdidos en el cuarto. Sus labios estaban temblando. Chris subió su mirada del suelo, y dijo, "Ok; si detendrá esta miseria, lo haré."

Llenos de felicidad, todos en el cuarto comenzaron a celebrar. Ambos aceptamos ir a rehabilitación. El único problema sería completar el tratamiento. Mi vida era como un camino rocoso que no importa cuántas veces me caía, me podía parar, y continuar.

Había hecho un compromiso para mantenerme limpio hasta el día de ingresarme a la rehabilitación, pero la adicción era difícil de resistir. Esa enfermedad, esa adicción, me controlaba como un yoyo. Necesitaba ayuda para sobreponerme. Tendría que empezar el ciclo desde el principio.

AFLICCIÓN DE ROSA

15 LEVANTÁNDOME DE LAS CENIZAS

Septiembre 13, de 2009, pasaron varias semanas desde que la última vez que consumimos cocaína, y nos sentíamos horribles. No podía comer, ni dormir. La depresión entró, y nuestras vidas se volvieron miserables una vez más. Ese día, estaba manteniéndome ocupado para distraer la mente. Cuando estaba limpiando el closet, encontré una pequeña caja de joyas. Tenía una rosa pintada en su parte superior. Algo en mi cabeza me decía que lo abriera, fue como si estuviese llamando mi nombre. Lentamente, abrí la tapa de la cajita de joyas. Lo dejé caer al suelo atónito. Había dos frascos de cocaína adentro de la caja de joyas. Mis pensamientos comenzaron a correr a la velocidad de la luz. Tenía tantas ganas de inhalar la cocaína. Arreglaría todos mis problemas.

Antes de que me pudiese dar cuenta, Chris abrió la puerta, y entró al cuarto. Me capturó con ambos frascos de cocaína en la mano. Lo miré a los ojos. Intentando redirigir la incomodidad hacia él, le pregunté, "¿Qué es esto?"

CHRISTOPHER A. FIGUEROA

Él tragó fuertemente, y pestañeó repetitivamente por unos segundos, hasta que respondió, "Perdóname, se me habían olvidado completamente. El día que peleamos, las escondí para que no las obtuvieras. Pero luego con toda la preocupación de tu ataque, se me olvidó que las tenía. Para serte honesto, me encantaría oler un frasco de cocaína ahora mismo."

Alcé mi vista de los dos frascos de cocaína, y miré los ojos hermosos de Chris. Su mirada desesperada me hizo sentir mal. Respirando profundo, le arrojé un frasco a Chris, e inhalé el otro. Cómo una bestia salvaje, Chris lo agarró, y lo inhaló rápidamente. No había sentido el efecto de la cocaína por mucho tiempo. Lo extrañaba tan fuertemente. El ajetreo de la cocaína me hizo sentir como si pudiese volar. Mi presión sanguínea comenzó a subir, y mis pupilas se dilataron.

Mientras las horas pasaban, no nos podíamos mover. No podíamos ni pestañear. La satisfacción de un sólo frasco de cocaína era tan grande que lo único que podíamos hacer, era acostarnos como peces muertos. Más rápido de lo que esperábamos, nuestras madres entraron a la habitación para llamarnos. Era tiempo de ir al centro de rehabilitación. Estaba tan preocupado. No quería decepcionar a nuestras madres.

Empaqué mi ropa lo más rápido que pude, y nos dirigimos hacia el Moonlight Rehab Facility. Tan pronto que entramos, fui arropado por un olor a limpio. ¿Qué más podía esperar de un hospital? El centro de rehabilitación no era muy grande, pero era muy cómodo. Suficientemente grande para acomodar quince personas. No era cantidad, sino cualidad. Ese centro de rehabilitación tenía la reputación de convertir piedras, en diamantes.

AFLICCIÓN DE ROSA

Los empleados del centro de rehabilitación no esperaron mucho tiempo en verificar nuestro equipaje. Era parte de su póliza asegurarse que los pacientes no trajeran ningún tipo de drogas, o alcohol a la facilidad. Por suerte, no encontraron nada en nuestras cosas. Mientras llenábamos el papeleo, uno de los doctores entró al cuarto para preguntarnos algunas cosas. La mayoría de las preguntas tenían que ver con el tipo de drogas que hacíamos, la cantidad, y la última vez que la consumimos.

No pareció sorprenderse cuando le dijimos que la última vez que consumimos cocaína fue pocas horas antes de entrar. De hecho, él nos explico que la mayoría de los pacientes hacían lo mismo. Sorprendentemente, nos dejaron a Chris, y a mi dormir en el mismo cuarto. Camas separadas, pero el mismo cuarto.

El primer día fue el más fácil de todos. Entramos a un cuarto muy raro, con sillas en círculo. Después de unos minutos, todas las personas en el salón se mantuvieron calladas. Todos nos mirábamos. Algunas de las personas eran muy flacas. Uno de ellos tenía la nariz muy roja. Me imagino que él había usado cocaína por más tiempo que nosotros. Otro de ellos tenía punzadas en sus brazos. Parecían como heridas de agujas. La mayoría de las personas parecían que no se habían bañado en mucho tiempo. Me recordaban a mi padre. No importaba cual substancia usábamos, todos éramos adictos.

Mientras estábamos sentados, Sasha, y un hombre muy particular entraron por la puerta principal. Sasha dio un paso hacia el frente, y nos dijo, "Buenas tardes a todos. Bienvenidos al Moonlight Rehab Facility. Mi nombre es Sasha. Voy a ser su enfermera, y asistente. Haré lo mejor que pueda para que ustedes estén cómodos en este lugar. Éste es el Dr. Berkley; él estará a cargo de ustedes. Ustedes no podrían estar en mejores manos."

CHRISTOPHER A. FIGUEROA

Tan pronto que comenzamos la sesión, todos nos encerramos. Algunos fueron a sus lugares imaginarios que los hacían felices. Otros intentaban mantenerse callados mientras sus cuerpos les rogaban por drogas, o alcohol. El Dr. Berkley tomó unos pasos hacia su silla, se sentó con la espalda derecha, ajustó sus espejuelos, y nos dijo, "Bueno, vamos a comenzar con este proceso tan difícil. El primer paso es aceptar quien eres, y tu adicción. Si niegas tu adicción, tendrás problemas aceptando la realidad. Con eso dicho, me gustaría que todos ustedes se pongan de pie, digan su nombre, y acepten su adicción."

De alguna forma, conseguí suficiente valentía para hablar primero. Me paré de mi silla, respiré profundamente, y dije, "Hola, my nombre es Bruce, y soy un adicto."

Mi valor, y esfuerzo captivó a las personas en el salón. Todos comenzaron a pararse, y repetir el proceso completamente, hasta que todos en el salón dijeron su nombre. Esa sesión de terapia se fue lentamente. Todos hablaron un poco de sus vidas, pero era un poco obvio que estaban aguantando detalles. La vergüenza no nos dejaba hablar claramente. Todos manejábamos el dolor de forma diferente. A algunos les tomaba más tiempo que a otros abrir sus sentimientos.

Septiembre 17, de 2009, en el comienzo todo parecía sencillo, y cómodo. No fue hasta después de las primeras dos semanas que mi ignorancia fue expulsada de mi mente. Nuestros cuerpos deseaban cocaína con tantas ganas, que estábamos listos para matar. Intentábamos pelear con nuestras mentes para evitar el deseo de usar, pero era mucho más poderoso que nosotros. Durante los días, estábamos extremadamente deprimidos. La mayoría de las veces ni siquiera teníamos suficiente energía para salir de la cama.

AFLICCIÓN DE ROSA

La ansiedad era tan grande, que de repente nos poníamos muy violentos. Yo pensé que controlar nuestras acciones cuando estábamos drogados era difícil, pero patear la cocaína era más difícil que consumirla. Los dolores musculares eran tan severos, que no nos podíamos mover sin sentirnos como mierda. Los empleados hacían lo mejor posible para hacernos sentir mejor, pero no era suficiente para evitar el sufrimiento. De todas las cosas que yo viví con Chris, la desintoxicación fue la más difícil de todas.

Por las noches, no podíamos dormir. Intentábamos cerrar nuestros ojos, y obtener algo de energía, pero las sombras no lo permitían. La obscuridad asechaba el borde de nuestras camas, como una serpiente asechando su presa. Después de un poco de tiempo, nos pusimos paranoicos. No confiábamos en nadie. Ni si quiera en nosotros mismos. Nos sentábamos en nuestras camas con las rodillas en el pecho, intentando luchar con las pesadillas. Temblábamos tanto, que nos dejaba sin poder. La adicción estaba robando lo mejor de nosotros. Además de ir a las sesiones, en realidad no nos sentíamos en condición de hacer nada más.

Cuando no estábamos tristes, o deprimidos, estábamos vomitando en el baño. Casi no podíamos comer. Dentro de varios días, estábamos extremadamente deshidratados. Aunque nuestra adicción estaba ganando la batalla, no la dejaría ganar la guerra. Si no llego a tener a Chris conmigo en ese cuarto, no hubiese podido hacerlo.

Aunque ya habían pasado varias semanas después de la paliza que me dio Bryan, todavía podía sentir un dolor intenso en mi cuerpo. Casi no podía respirar, ni sentarme sin sentir ese dolor punzante.

CHRISTOPHER A. FIGUEROA

No importa los obstáculos que enfrentara, estaba determinado a sobrepasar mi adicción. Mi mente no paraba de decirme que sería imposible. Cada día, se hacía cada vez más difícil. Me vi obligado a saltar ocho, de los doce pasos, porque yo no soy una persona religiosa. La religión me había utilizado, y botado como una bolsa de basura. Mientras estaba sentado en mi cama, seguía pensando en el paso número ocho. Tenía que pensar en todas las personas a las que les había hecho daño.

Agarré papel, y lápiz. Me di cuenta que eran más las personas que me hicieron daño a mí, que las personas que yo herí. Lentamente, comencé a escribir sus nombres en el papel. Mi madre, Chris, la mamá de Chris, y la Srta. Anderson fueron los primeros nombres. Pero había un nombre que no dejaba de molestarme. Era Jackson. Si quería completar el proceso de manera precisa, tenía que pedirle perdón a Jackson. Le había hecho mucho daño cuando éramos jóvenes, tenía que enfrentarme con las consecuencias.

Septiembre 18, de 2009, decidí hablar con Sasha. Necesitaba ayuda para conseguir el número telefónico de Jackson. Caminé hacia ella, y le dije, "Sasha, necesito tu ayuda."

Ella me miró con una sonrisa, y me dijo, "Claro, Bruce. Para eso estoy aquí. Dime qué necesitas."

Respiré profundo, y le dije, "Cuando yo tenía catorce años, casi mato a uno de mis compañeros de clases. Si voy a completar este proceso, necesito pedirle disculpas. ¿Crees que puedas conseguirme su número?"

Ella pareció estar feliz cuando me dijo, "Veré lo que puedo hacer. Dame su nombre, y yo buscaré alguna forma para contactarlo."

AFLICCIÓN DE ROSA

Lleno de expectativas, y felicidad, escribí su nombre en un pedazo de papel, y me fui a mi cuarto. Todo lo que tenía que hacer, era esperar. De alguna forma, esperaba que por primera vez en mi vida, haría algo que no fuese egoísta.

Septiembre 22, de 2009, pensé que después de tanto tiempo, me sentiría mejor, pero no estaba completamente correcto. La mayoría de los síntomas como la paranoia, las nauseas, el insomnio, y la depresión se habían ido, pero uno de los síntomas no se quería ir. Cada vez que comía, me sentía vacío. El estrés, y la sed insaciable de cocaína no cesaban de atacarme.

Algunos de los pacientes se volvieron locos. Dos de los alcohólicos fueron expulsados por contrabandear alcohol adentro de la facilidad. Y uno de los adictos fue arrestado por apuñalar una de las enfermeras. Me di cuenta que el ambiente no era tan lindo como te lo pintaban. Las noches eran horribles. Los pacientes gritaban de dolor, y su volumen incrementaba mientras nos acercábamos hacia el final del tratamiento.

Septiembre 30, de 2009, no fue hasta que nos quedaban varios días de tratamiento, que hubo un avance muy grande. Todos nos sentamos en las sillas del salón por unos minutos. El Dr. Berkley hizo la rutina que siempre hacía. Se sentó derecho, ajustó sus espejuelos, y enderezó su espalda. Nos miró, y nos dijo, "Sólo tenemos tres días más de tratamiento antes del día de graduación. ¿Qué tal si hoy rompemos algunas barreras?"

Alcé mi vista del suelo, y observé al grupo de personas. Todos estaban pensando acerca de qué hacer. Dentro del grupo de personas, había una mujer. Ella no podía ser más vieja que treintaicinco años. Tenía un rostro muy lindo, pero podías notar que las drogas le habían robado su juventud, y su belleza. Sus brazos eran muy delgados, pero ella siempre tenía una sonrisa en su rostro. Casi nunca hablaba, porque ella sólo hablaba cuando le hablaban. Ese día fue diferente. Ella se paró de su silla, raspó su garganta, y nos dijo, "Hola, a todos. Estoy segura que todos saben que yo casi nunca hablo. Lo más probable sólo saben mi nombre porque lo dice en mi etiqueta."

Se rió por unos momentos. Noté que tenía un buen sentido del humor, pero estaba cicatrizada. Su voz expresaba que había sido herida en el pasado.

"Nunca he hablado de esto en mi vida, pero creo que sería bueno para mí expresarlo. Cuando tenía veinticuatro años, mi esposo, y yo estábamos planeando en tener hijos. Intentamos por un periodo de cinco meses, hasta que me embaracé. Recuerdo que estábamos tan felices que brincamos en la cama."

La mujer linda paró de hablar por unos segundos. Eventualmente su dolor tomó control sobre ella, y comenzó a llorar. La gente sentada al lado de ella comenzó a sobar sus hombros para hacerla sentir mejor. Ella secó sus lágrimas, y continúo su historia, "Seis meses después, mi hijo nació prematuramente. Poco después, murió. Todos los días pensábamos en las posibilidades que podíamos tener con nuestro hijo. Su nombre iba a ser Andrew. Ambos caímos en depresión severa. Abusamos substancias para lidiar con el dolor. Yo consumía crack, y el consumía alcohol. Varios meses después, se nos olvido nuestro hijo completamente. Estábamos demasiado hundidos en la adicción como para recordarnos del pasado. Ambos perdimos nuestros trabajos, y el dinero comenzó a desaparecer. No pensé que nuestras vidas se podían poner peor. Hasta que un día, mi esposo se emborrachó tanto, que no podía ver nada. Por alguna razón, él decidió guiar. No me importó. Yo estaba drogada."

AFLICCIÓN DE ROSA

Podía notar que hablar de su pasado le dolía mucho. Cada palabra que hablaba se enterraba en su alma como cristales rotos. Respiró profundo, sonrió levemente, y continuó, "Perdónenme. Cómo les estaba diciendo, una noche mi esposo se emborrachó, y se llevó nuestro auto. Varias horas después, encendí nuestro televisor, y vi dos vehículos aplastados como latas de cerveza. Eventualmente, me di cuenta, que era mi esposo. El dolor no llegó hasta que me enteré que él mató a un policía, y dos niños. La única sobreviviente fue la mujer en el otro auto. Si la pudiese conocer en el día de hoy, le pediría disculpas mil veces. Todos los días me culpo por lo que él hizo. Sé que pude haberlo prevenido."

Ella se sentó en su silla, y todos comenzaron a aplaudir. Le dieron las gracias por compartir su experiencia. En ese momento, me di cuenta que todos los eventos de mi vida estaban amarrados con una cadena. Hace unos meces, nunca hubiese pensado que estaría ahí, sentado al lado de la esposa del hombre que mató a la familia de la Srta. Anderson. Este mundo verdaderamente es pequeño. Todo parecía sincronizarse. Tarde o temprano, la vida te alcanzará. Hubo un silencio un poco incómodo, hasta que Sasha se paró, y dijo, "Bien, creo que es tiempo de decirles mi historia. Ustedes deben estar preguntándose como yo terminé aquí. Hace tres años, yo era una bailarina exótica, y estaba adicta a la metanfetamina. Un día, estaba caminando por la calle, y vi al Dr. Berkley. En ese momento, mis ojos vieron a un cliente, y no a una mano ayudante. Caminé hacia él, y lo invité a la barra para un baile, o hasta servicios extras. Él en vez de aprovecharse de mí, me dio su tarjeta, y se sonrió. Me dijo que si algún día quería salir de esa vida, que lo llamara. Al comienzo yo era muy incrédula, y desconfié de él, pero un día lo llamé. Cambió mi vida para siempre. Yo pasé por las mismas cosas que ustedes están pasando ahora, y sé que no es fácil. Sufrí todas las noches. No podía dormir. Les rogaba a las personas para que me dieran drogas. Y les prometo algo, con el tiempo, no se pone más fácil. Se graduaran, y se sentirán tan libres como una mariposa. Pero poco después, se darán cuenta de la cruda realidad. Puede ser que algunos tropiecen, y caigan en sus viejos hábitos. Será una dura batalla, pero si logran ser exitosos, será la mejor decisión que han tomado en su vida."

Creo que sus palabras inspiraron a los demás, porque poco después, todos se pararon, y hablaron un poco de sus vidas. Todos, excepto yo. El Dr. Berkley me miró, y me dijo, "Bruce, ¿tienes algo que decir?"

Lo miré a los ojos, y me reí fuertemente. Esa fue la cosa más graciosa que me han dicho en meses. Parándome de mi silla, le dije, "Por favor, no me haga reír. Si les dijera la historia de mi vida, y cómo terminé aquí, no me creerían."

Las personas en el salón me miraron como si estuviese loco. Suspiré fuertemente, y cerré mis ojos. Mis ojos comenzaron a aguarse mientras pensaba en las memorias dolorosas. Sasha me miró, y me dijo, "Te ayudará compartir tu historia. Duele más si lo callas."

Comencé a contarles mi vida, y todos me miraban impactados. No podían creer que una historia tan trágica podía venir de un joven de dieciséis años. Alrededor de diez minutos después, terminé de contar la historia completa. Todos estaban en shock. No importaba cuán difícil mi vida parecía, todos en el mundo sufren por igual. Todos adentro de ese salón habíamos pasado por eventos horribles, y nos había llevado a la adicción."

Ese día cambió la vida de todos. La terapia fue un poco más larga que lo usual, pero pareció funcionar perfectamente. Se sentía

AFLICCIÓN DE ROSA

bien volver a tener control sobre mi vida. Ya no era una marioneta, sino que era yo. Después de esa sesión de terapia, el silencio abrigó el centro de rehabilitación. Todos pudimos dormir en esa noche. Había paz. La bestia con el hambre insaciable se había muerto.

Noviembre 1, de 2009, después de una larga espera, Sasha entró a mi habitación, y me dio una tarjeta diciéndome, "Aquí lo tienes. Es el número de Jackson. ¿Quieres que me quede contigo?"

Alcé mis ojos para mirar su rostro, y me di cuenta que ella quería ser mi soporte. Pero ese era un problema que yo tenía que solucionar solo. "No, gracias." Le dije, "Estaré bien. Gracias por conseguirme el número."

Me paré de la cama un poco desorientado, y confundido. Sabía que pedir disculpas era mi mejor opción, pero no sabía cómo hacerlo. Volteé la tarjeta, y miré fijamente el nombre de Jackson. Comencé a pensar en qué podía pasar si lo llamaba. ¿Qué pasó si le hice daños serios? ¿Qué tal si me odiaba más que antes? Tal vez se murió... No había escuchado del desde que sus padres lo sacaron de la escuela.

Finalmente acumulé suficiente valentía para agarrar el teléfono. Respiré profundamente, me mantuve calmado, y marqué su número. Se sintió como si el tiempo se hubiese detenido sólo para nosotros.

Estaba a punto de colgar el teléfono cuando escuché una voz fuerte decir, "¿Hola?"

Tratando de no dejar caer el teléfono, raspé mi garganta. Después del cuarto hola, mi voz se quebranto al decir, "Hola,"

CHRISTOPHER A. FIGUEROA

Hubo unos momentos silenciosos antes de que Jackson preguntara, "¿Quién es?"

Si quería mejorar, tenía que pedirle disculpas. Tragué fuertemente. Quería colgar el teléfono. Apreté el teléfono en mi mano, y le respondí, "No sé si te acuerdas de mí, pero soy Bruce."

Ambos mantuvimos silencio por unos segundos. Pensé que sería más fácil. La respiración se convirtió un poco dificultosa. No sabía si él había enganchado, o si seguía ahí. Lo escuché respirar profundo, y decirme, "Bruce, ¿de la escuela?"

Sentimientos de culpa entraron a mi cuerpo, y mis manos comenzaron a sudar.

"Sí, ese soy yo. Mira, sé que es un poco extraño que te llame, pero estoy en el programa de los doce pasos, y uno de ellos es pedirles perdón a las personas que herí. Pensé en ti. Creo que lo que estoy intentando decir, es lo siento. Lo siento con toda mi alma."

"¿Tú lo sientes?" me dijo, "Qué irónico… Yo se supone que te esté pidiendo disculpas a ti. Yo pude haber cambiado las cosas. Me merecía lo que me hiciste. Me lo creas, o no, salvaste mi vida. Me hiciste darme cuenta que no importaba cuan malo me hacía ver, adentro, en el fondo de mi ser, era sólo un chico asustado. Si no cambiaba mis acciones, no iría a ningún lado."

Me paré con el teléfono en mano por unos momentos. Lo apreté tan duro que lo escuché chasqueando. No esperaba que él me pidiera disculpas a mí.

Después de unos segundos, me preguntó, "Bruce, ¿estás ahí?"

AFLICCIÓN DE ROSA

"Sí, estoy aquí." Contesté rápidamente.

"Bueno, si alguna vez en tu vida necesitas algo, llámame." Me dijo. "Y otra vez, quiero darte las gracias."

Colgué el teléfono, y colapsé al suelo atónito. Acosté mi espalda en la pared, y respiré profundamente. Alcé mis rodillas a mi pecho. Me mantuve callado por unos momentos. Sentí como si un peso increíble se desboronara de mis hombros. Todo con una simple llamada telefónica. El mundo parecía calmado, y pacífico.

Noviembre 4, de 2009, los tres días restantes pasaron volando. El día de la graduación finalmente había llegado. Todos salimos de la casa de rehabilitación vestidos muy finamente. Podíamos ver al grupo de personas en el público. Todas nuestras familias reunidas para celebrar nuestro progreso. Miré a mi lado, y Chris estaba parado conmigo. Su bella sonrisa, y su pelo hermoso me llenaron de esperanzas. Vi al Dr. Berkley moverse hacia la tarima. Todos nos sentamos en las sillas. El Dr. Berkley hizo lo que siempre hacía antes de hablar, enderezó su postura, arregló sus espejuelos, y respiró profundo, antes de decir, "Buenas tardes a todos. Este es un día muy especial. Finalmente, todo su trabajo duro dará fruto. Hemos pasado por terremotos, tormentas de arenas, y fuegos, pero de igual forma, estamos aquí. Cruzamos el puente. Cada lágrima que lloraron, cada gota de sangre que sangraron, cada paso que dieron, los llevó un poco más cerca a su meta. Estoy aquí para decirles, que lo lograron. Tal vez se sienta como que no valió la pena, pero les prometo, que si se mantienen sobrios, será la mejor cosa que han hecho con sus vidas. Gracias por su lucha, y buena suerte."

El Dr. Berkley terminó de expresar su apreciación. Todos fuimos conmovidos. De alguna forma, todas sus palabras podían ser aplicadas a cada uno de nosotros. El día de la graduación fue uno

CHRISTOPHER A. FIGUEROA

de los días más orgullosos de mi vida. En el final de la ceremonia, soltamos palomas blancas para simbolizar el nuevo comienzo, y nuestra victoria sobre la adicción. Por primera vez en muchos años, estábamos felices, y no podíamos esperar para irnos a casa.

AFLICCIÓN DE ROSA

16 LA TRAGEDIA ATACA

Noviembre 8, de 2009, los primeros días afuera del centro de rehabilitación, me sentía como un hombre nuevo. No podía parar de pensar en mi futuro. ¿Podría ser feliz? ¿Podría pasar mi vida sin problemas? Honestamente, si había aprendido algo de la experiencia, fue que cada problema tiene una solución.

Noviembre 15, de 2009, una semana pasó, y todo estaba perfecto. No peleamos. No usamos drogas. Nos quedamos unidos como familia. Un día, decidimos salir a comer para celebrar nuestro esfuerzo para mantenernos limpios, y el esfuerzo de mi mamá de mantenerse sobria. La mamá de Chris estaba conduciendo. Ella no era muy paciente. Todo parecía como un cuento de hada, pero era la realidad.

Poco después que nos montamos al auto, llegamos al restaurante fino. El nombre estaba escrito en algún tipo de lenguaje que yo no podía pronunciar. Sonaba muy fino. Nuestra comida fue deliciosa, pero era tan poca, que nos quedamos con hambre. De paso, quiero informarles que los restaurantes finos sirven porciones pequeñas. Fuimos a una farmacia para comprar comida chatarra. Compramos palomitas, papas fritas, chocolates, y bebidas energéticas. Todos los ingredientes para una noche de películas

Tan pronto que llegamos a la casa, nos volvimos locos con la comida chatarra. Parecíamos bestias salvajes. Buscamos en la guía de televisión por una buena película. Encontramos una que parecía divertida, y la rentamos. No habíamos tenido momentos familiares desde hace meses; tal vez un año.

A la mitad de la película, todos estábamos riéndonos cuando el teléfono sonó. Mi madre, con una sonrisa en su rostro se paró de la silla con el plato de palomitas, y se dirigió al teléfono. Intentando aguantar sus risas, agarró el teléfono, y dijo, "¿Hola?"

Le estaba tomando mucho tiempo a mi madre regresar, así que decidimos detener la película, y chequear que todo estuviese bien. De repente, escuchamos el plato de palomitas romperse en el suelo. Todos nos asustamos. Su linda sonrisa desapareció de su rostro, y sus ojos se llenaron de lágrimas. Nos paramos del mueble, y corrimos hacia ella. Cayendo de rodillas al suelo, comenzó a llorar. Era obvio que algo le había molestado, pero no sabíamos qué. Me acerqué a mi madre, y amarré mi brazo alrededor de su hombro preguntándole, "Mamá, ¿qué te sucede?"

Ella limpió sus ojos, y alzó su vista diciéndome, "Él está libre, Bruce."

Me senté en el suelo un poco aturdido. No entendía lo que me estaba diciendo. En un intento de esclarecer la situación, le pregunté a mi madre, "¿Quién está libre? ¿De qué hablas?"

Ella respiró profundo, y gritó, "¡Tu padre, Bruce! ¡Lo dejaron salir!" Mis sueños, y esperanzas cayeron al suelo. No esperaba oír de mi padre por mucho tiempo. Sinceramente, pensaba que estaba muerto. Las memorias de mi niñez comenzaron a correr por mi cabeza. No podía detenerlas de aterrorizar mi existencia.

AFLICCIÓN DE ROSA

Esa noche fue arruinada por las horribles noticias que recibió mi madre. Tristemente, las cosas volvieron a ser lo que eran antes. Mi madre, y yo llorábamos en las noches. Los terrores nocturnos no nos dejaban dormir. El miedo de salir a la calle, y ver a mi padre nos hacía sentir cada vez más inseguros.

La paranoia crecía dentro de nosotros. Todo lo que se movía nos parecía sospechoso. No podíamos respirar sin tener dudas. Después de ser golpeado, y sodomizado por Bryan, comencé a llevar una cuchilla en mi bolsillo. No era muy grande, pero no iba a correr riesgos.

Nos tomó varios días calmarnos completamente. Aun así, no dejaría que eso controlara mi vida. Tenía que continuar. La alegría se había escapado del alcance de mis dedos, pero tenía que obtenerla. No importa cuán difícil fuera. No sé si era mi paranoia, o la realidad, pero cada vez que salía me sentía perseguido. Mi madre pidió una orden de restricción, pero dudaba que se le aprobaran. De igual modo, un pedazo de papel no lo detendría.

Yo cree un método para calmarme cuando me sentía perdido. Adentro de mi cartera, yo guardaba dos objetos. El primer objeto, era una foto con Chris, que tomamos el primer día que nos conocimos en la playa. Antes de tomar esa foto, yo estaba muy triste por lo que había sucedido con mi padre. Yo siempre miraba esa foto cuando me sentía triste. Era un lindo recuerdo de los días bonitos, y de cómo las cosas pueden mejorar. Ese fue el día más feliz de mi vida.

Cuando las cosas parecían feas, y cuando el mundo parecía terminar, yo sacaba el segundo objeto de mi cartera. El infame lazo rosado. Me recordaba de las horribles memorias de mis tiempos como escolta. También me recordaba de cuan fuerte había trabajado para sobrepasar ese tiempo de mi vida. Ese lazo rosado refrescaba mis pensamientos, y me recordaba que siempre hay un mañana. Cada vez que veía ese lazo rosado, me prometía que nunca volvería a cometer mis errores del pasado. Nunca volvería a poner a mi familia por algo tan doloroso.

Noviembre 19, de 2009, en los próximos dos días, no dejaría que la vida me pateara. Mi padre estaba libre, pero no lo dejaría decidir mis acciones. Esta vez, no dejaría que el miedo me controlara.

Después de un poco de tiempo para pensar, decidí ir al cine con Chris. No habíamos tenido una cita en meses. Agarré mi cuchilla, mi celular, y mi cartera. Corrimos al carro, y nos fuimos. De alguna manera, las cosas parecían positivas. El sol estaba brillando a su máximo, y el viento estaba tibio, y relajante.

Cuando llegamos al cine, mi paranoia se activó. Sentía como si alguien me estuviese mirando. Los poros de mi piel comenzaron a sudar miedo. Me acerqué un poco más a la entrada del cine. No sé cómo, pero conseguí suficientes energías para entrar. Rápidamente compramos nuestros boletos, y entramos al cine. No podíamos parar de reírnos.

Buscar asientos adentro del cine fue lo más difícil que tuvimos que hacer. El cine estaba extremadamente lleno. Sin tener otra opción, nos sentamos en la penúltima fila. Aunque en realidad no importaba, no íbamos a ver mucho de la película. No podíamos parar de besarnos. Como no habíamos pasado tiempo juntos, nuestra percepción del tiempo volaba sin frenar.

De repente, Chris se antojó de una merienda. Nos paramos de nuestras sillas, y salimos afuera de la sala. La fila estaba extremadamente larga, pero no era importante. Si estábamos juntos, podíamos esperar una eternidad. Sentí como si hubiese esperado toda mi vida para esa noche.

Mientras caminábamos hacia la sala una vez más, vi algo inesperado. Dejé caer el refresco, y me paré estupefacto. No

AFLICCIÓN DE ROSA

podía creer lo que estaba viendo. Devolví mi vista para confirmar mis sospechas, pero ya no estaba. Chris me miró con un rostro preocupado, y me dijo, "Bruce, ¿qué te pasa?"

Respiré profundo intentando calmarme, y le dije, "Nada; sólo pensé que vi a mi padre. Creo que no fue real."

Chris me miró como si yo estuviese loco, y se rió por un momento. Me dio un beso en la mejilla, y caminamos. Pensé que era parte de me imaginación, así que lo deje ir. Cada vez que veía algo sospechoso, me preocupaba.

Tan pronto que entramos a la sala, nos sentamos. Se sentía tan extraño pasar tiempo con Chris. Jugué con su pelo, y se sentía mágico. No nos habíamos besado de esa forma desde mucho tiempo. Fue muy entretenido. Después que la película se acabó, decidimos irnos a casa. Suficiente diversión para tan sólo un día. Llegamos a casa a salvo, pero mi mente no dejaba de pensar en mi padre. No sabía si lo que había visto era real, o un truco mental. Mientras salía del carro, vi la sombra de un hombre desaparecer de vista. Rápidamente miré a mi lado, pero era demasiado tarde. En el fondo de mi corazón, yo sabía que era mi padre. Me estaba asechando desde el día que salió. Sabía que algún día nos atacaría… Si sólo se lo hubiese dicho a alguien.

Noviembre 23, de 2009, los días que sucedieron fueron horribles. Vivía lleno de miedo, sin saber si él estaba ahí, o no. Cada noche cuando dormía, sentía como si algo me estuviese observando por las ventanas. ¿Por qué no le dije a alguien?

Cada vez que cerraba mis ojos, y dormía tenía pesadillas con mi padre. Tuve la misma varias veces en la que mi padre me perseguía por la casa con un cuchillo. Me levantaba petrificado con el corazón listo de salir de mi pecho. Mi insomnio se puso cada vez peor. Llegó a un punto que no podía dormir nada.

CHRISTOPHER A. FIGUEROA

Tenía que proteger a mi familia. Dormir es para los débiles. Como dice la gente, puedo dormir cuando este muerto. Todo parecía feliz, y contento, hasta que un día, la tragedia atacó.

Noviembre 24, de 2009, ese día, esa fecha específica nunca se me olvidará. Chris, y yo habíamos planeado salir a cenar para reencender la vieja llama. Estábamos tarde, y teníamos prisa. Tan pronto que dimos un paso afuera de la casa, nuestras vidas explotaron en mil pedacitos. Una brisa fría abrasó mi cuerpo cuando una horrible voz dijo, "Niño, llevo esperando días por ti."

Me paré completamente quieto por un segundo. Podía reconocer su voz en todos lados. No era nada más, y nada menos que el hombre que hizo mi niñez un infierno.

"Veo que no has cambiado. Sigues siendo un maricón." Me dijo. "Sabes, el día que me arrestaron, pensé en ti. Pensé que tal vez cambiarias. Tal vez creciste, y te convertirse en un verdadero hombre. Desafortunadamente, sigues siendo la misma niñita llorona. No te mereces mi apellido. Debí haber hecho esto desde hace mucho tiempo."

Mi padre sacó una pistola, y la apuntó directamente a mí. Podía ver en su cara que estaba listo para halar el gatillo, y caminar como si nada hubiese pasado. La prisión no lo cambió. La prisión sólo lo convirtió en un hombre lleno de odio, y vergüenza hacia su propio hijo. No podía aceptar que yo no era menos hombre que él.

No podía quitar mis ojos de la pistola. Miré el agujero fijamente por unos minutos. La duda de no saber si viviría, o moriría me estaba comiendo vivo. Mi corazón comenzó a latir cada vez más fuerte, y la adrenalina corría por mis venas.

"¿Qué carajo te hice que fue tan malo?" le grité, "¿Por qué no puedes entender que esta no es mi elección? El día que aceptes

AFLICCIÓN DE ROSA

quien soy, es el día que comenzarás a ser mi padre. Por ahora, no eres más que el maldito borracho que embarazó a mi madre. No eres más que un estúpido que piensa demasiado de sí mismo. ¡Traté tan duro convertirme en el hombre que tanto deseabas que yo fuese! ¿Por qué? ¿Por qué yo no fui suficiente para ti?"

Mi padre se burló de mis palabras, mientras cargaba la pistola. Riéndose un poco más, me dijo, "No sabes cuánto deseo que nunca hubieses nacido. Ese día que te agarré con la ropa de tu madre, supe que eras un maricón. Te debí haber matado. Lamentablemente, algo me dijo que no lo hiciera, que te diera un chance. Tal vez cambiarías. Intenté enseñarte como ser un verdadero hombre, pero no querías aprender. Te he estado observando por estos pocos días para ver si merecías caminar en la misma tierra que yo. Tristemente, probaste que no lo mereces. No eres más valioso que la mierda debajo de mis zapatos."

Chris se paró frente a mí. Nunca lo había visto tan lleno de ira. Respiró profundo, y raspó su garganta al decir, "Yo a usted no lo conozco, ni deseo hacerlo, pero sólo quiero decirle una cosa. Piense en lo que hace. Si nos matas, iras preso por el resto de tus días. ¡Esta no es una buena opción! ¡Piénselo!"

Mi padre mordió su labio intentando aguantar las risas. Su mente estaba hecha. Sabía que él no iba a detenerse hasta que nos matara a los dos.

"Chris, olvídalo. No hay forma de razonar con un hombre loco." Intentando escaparnos, amarré mi brazo alrededor del hombro de Chris, y nos volteé para caminar al auto. Cuando estábamos cerca de la puerta del conductor, escuché una explosion muy fuerte. Miré a mi lado sólo para ser traumatizado por la vista de la persona que más amo en este mundo cayendo al suelo.

Un hueco en su pecho derramaba sangre por toda su camisa. Todo lo que podía hacer, era gritar fuertemente, "¡No! ¡No! ¡Chris! ¡No!"

CHRISTOPHER A. FIGUEROA

Volteando mi cabeza, vi a mi padre con una gran sonrisa en su cara. Lleno de satisfacción él se disfrutaba el momento. Miró hacia abajo, e intentó cargar su pistola una vez más. El casquillo estaba atascado. No me podía disparar.

Algo adentro de mí cayó en su lugar, y me llenó de rabia. Con mis manos un poco temblorosas, apreté la cuchilla en mi bolsillo. Corriendo hacia mi padre, lo tumbé al suelo. Golpeando su cabeza con una roca, mi padre perdió la conciencia. Como un demonio desencadenado, me puse encima del, y comencé a apuñalarlo repetidamente. Podía sentir el aire saliendo de sus pulmones mientras mi cuchilla entraba, y salía de su cuerpo.

Tiré la cuchilla a un lado, y limpié su sangre en mi camisa. Corrí hacia Chris para ver si estaba bien. Reposando su cabeza en mis rodillas, comencé a acariciar su cabello. Trataba de hacerlo todo mejor. Comenzó a ponerse muy pálido mientras su vida se agarraba de un hilo. El tosió, y su sangre salpicó mi cara al decir, "Bruce, tengo mucho frío. Antes de morir, quiero decirte que te amo. Siempre te he amado. Y no importa cómo termine el día de hoy…tienes que saber que siempre estaré contigo."

Lágrimas de dolor comenzaron a llover de mi rostro. Intenté salvar su vida aplicando presión en la herida. Los vecinos escucharon el disparo, y llamaron al 911. Podía escuchar las sirenas de los policías, y las ambulancias en la distancia. Mirando a Chris, le dije, "Mi amor, sólo aguanta. La ambulancia viene de camino."

Él me miró mientras su boca se llenaba de sangre. Peleando con su respiración, agarró mi mano muy fuertemente, y me dijo, "Bruce, no te preocupes. Todo estará bien. Te amo."

Sus pupilas dejaron de brillar, y sus ojos cambiaron de color. Fue como si alguien le hubiese robado su alma. Sus ojos rodaron a la parte de atrás de su cabeza, y él tomó su último suspiro. Mis lágrimas lavaban la sangra de su cara.

AFLICCIÓN DE ROSA

La ambulancia llegó a la escena. Yo abracé el cadáver de Chris tan fuertemente que me bañé con su sangre. Lloré desesperadamente cuando los paramédicos intentaron despegarnos. Lo apreté con mucha fuerza, y grité, "¡No! ¡No! ¡Déjenos en paz! ¡Es demasiado tarde!"

CHRISTOPHER A. FIGUEROA

17 LOS EFECTOS SECUNDARIOS

Sé que la mayoría de ustedes se están preguntando qué me sucedió a mí después que Chris murió. Bueno, la respuesta es muy simple. Hoy vivo en un bello edificio, de color blanco. Creo que tiene diez pisos. Mi cuarto es muy relajante, y las paredes están hechas de cojines blancos muy suaves. Le añaden una buena vibra al cuarto. Tengo una cama muy grande, con sabanas delicadas. Cada día me siento en mi cama, y miro por la ventana. Intento lavar mi cerebro de las horribles memorias.

Todos los días personas con batas blancas, y cabello peinado entran por mi puerta. Me dan diferentes dulces en forma de pastillas. Me dicen que me harán sentir mejor, pero nunca funcionan. Algunos dulces me dan sueño, otros me cansan, me confunden, o me desorientan. Ninguno puede curar el dolor. De una manera lenta, pero segura, perdía la sanidad de mi mente al repetirme que él se ha ido. Intento convencerme qua ya no estás conmigo, pero tu presencia camina cerca de mí. Cada vez que pestañeo, veo tus ojos. Cada vez que respiro, huelo tu olor. Cada vez que como, saboreo tus labios. Cada vez que hablo, escucho tu voz.

AFLICCIÓN DE ROSA

Sigo teniendo la misma pesadilla en la que estoy en la calle con tu cabeza en mis rodillas. Me sigues diciendo cuanto me amas, pero yo no puedo responder. Mi boca está pegada, y no puedo hacer ningún sonido.

Hasta el día de hoy recuerdo cuando moriste en mis brazos. Se repite dentro de mi cabeza como una película rota. Mi cuerpo se muere, y se pudre con cada segundo que pasa, y tú no estás a mi lado. Mi mente sabe que tú ya no estás, pero mi corazón no lo quiere aceptar. Me mata por dentro saber que no te volveré a ver. Nunca podré decirte cuanto te amo, y cuanto dolor siento por todo lo malo que yo causé. Tu muerte fue culpa mía.

Sigo tratando de ahogar los sentimientos que gritan de adentro de mí, pero las voces no paran de ridiculizarme. Se ríen de mí por mis fallas. Extraño tu voz. Extraño tu olor. Extraño la forma en la que tu barba acariciaba mi cara cuando me besabas. No hay nada que pueda curar mis heridas. Mi conciencia me come vivo de adentro hacia afuera. Mi culpa es como una semilla que crece dentro de mí. El abono del dolor es la memoria. No importa cuán duro intente, nunca te olvidaré, Chris. Aunque ha pasado un año desde que moriste, sigo pensando que fue ayer.

Todavía tengo la foto del primer día que nos conocimos en la playa, pero ya no la puedo ver igual. Mi corazón roto sangra todos los días que pasan, y tú no me acompañas. Me enseñaste como amar, pero no como olvidar. No pasa ni un día en el que yo no deseé que su pistola no se hubiese atascado. ¿Por qué no me mató a mí también? Chris, ¿por qué tuviste que morir? Sólo deseo, que me pudiese despedir.

CHRISTOPHER A. FIGUEROA

AFLICCIÓN DE ROSA

CHRISTOPHER A. FIGUEROA

Christopher A. Figueroa nació en Julio 24, de 1993. Cuando niño, a Christopher le encantaba leer libros y escribir cuentos cortos. Mientras crecía, Christopher conoció muchas amistades homosexuales. Su entorno le enseñó la verdad acerca de cómo el mundo trata a los jóvenes homosexuales, y su inspiración nació. Christopher aspira escribir más novelas, y convertirse en un autor exitoso.

Made in the USA
Lexington, KY
18 October 2012